望遠ニッポン見聞録

ヤマザキマリ

幻冬舎文庫

はじめに

ジパングは、中国大陸の東の海上1500マイルに浮かぶ独立した島国で、莫大な金を産出し、宮殿や民家は黄金でできているなど、財宝に溢《あふ》れている。また、ジパングの人々は偶像崇拝者であり、外見がよく、礼儀正しいが、人食いの習慣がある。

マルコポーロ『東方見聞録』よりざっくり解釈

目次

BOUEN NIPPON KENBUNROKU

望《ぼう》遠《えん》ニッポン見《けん》聞《ぶん》録《ろく》

ヤマザキマリ

BOUEN NIPPON KENBUNROKU

YAMAZAKI MARI

幻冬舎

BOUEN NIPPON KENBUNROKU

【その二】

世界を飛び回る、世界一幸福な人たち。

YAMAZAKI MARI

私の家庭環境はちょっとばかり特殊だった。

祖父は大正から昭和にかけて銀行の支店を作るためにアメリカに10年暮らし、その後もモンゴルなどに駐在していたせいもあってか、純日本風の家屋に暮らしつつも朝食は必ず欧米式。96歳で亡くなるまで、アメリカから持って来た蓄音器で古いオペラのレコードを聴いたり、会話の中にやたらと英語を混ぜ込むのも癖だった。

ある日私の同級生が掛けて来た電話に祖父が出て、私への連絡先を英語で答えたという。「あんたのおじいちゃん、外人?」と聞かれたが、まだ海外の情報がそれ程ない時代に欧米へ渡って激しいカルチャーショックを受けてしまったため、ちょっと珍しいタイプの日本人になってしまった……それがうちの祖父だった。

そんな祖父に育てられた母も幼い頃からずっとミッションスクールに通わされ、パリにペンフレンドもいた。このペンフレンドのフランス女性は私が幼い頃にも何度か日本に遊びに来たことがある。その時のことで今でも忘れられないのは、母が着物を着せようとしたらFカップはある胸になかなか帯が締まらず、この女性が「助けて!」的なことを必死で叫んでいた姿だ。違う文化を身をもって体験するのは実に大変なのだな、と幼心に感じたものだった。

母も職業柄(音楽家)、海外には演奏旅行で何度も出かけてはいるが、逆に海外から来る演奏家をよくうちに招いてパーティーを開いていた。

学校帰りに友達を連れて家のドアを開けると、中にぎゅうぎゅうに外人さんが詰まっているという光景に何度か出くわしたことがある。お友達は意表を突く扉の向こうの展開に度肝を抜かれていたが、おかっぱの日本人形のような可愛らしい子だったので、ウィーンの演奏家達は強張《こわば》る彼女と一緒に写真を撮りまくっていた。

そんな環境で育った私が17歳になった頃、私は母から本当に油絵がやりたいのなら日本から出て行くべきだと強く勧められた。

「日本だけが世界じゃないから」

これが彼女の口癖だ。かなり紆余曲折な人生を送ってきた母なので、それは恐らく彼女が自分の中でも何度となく唱えていた言葉だったのじゃないかと思うが、そう言われて私も納得し、さっさとイタリアへ渡ったのだった。そして私はそこで本格的に油絵の勉強を始め、日本へはもう帰らなかった。

これは傍《はた》から見れば「外国と縁の深い裕福なご家庭の子女にありがちな展開」なのかもしれない。でも私の場合は母からろくな仕送りもしてもらわず、しかも、やがて無職の彼氏と一緒に暮らすようになってしまったせいで、想像を超える極貧生活を強《し》いられることになった。だから全く皆さんの想像するようなドリーミーな留学生活は体験していないし、日本に帰りたくても帰るためのお金さえ作れなかったのだ。

しかし、それまで何かと窮屈だと感じていた日本を寛容な目で改めて見るようになったのは、恐らくこの時期だったと思う。1990年代初頭、貧困、そして当時参加していた若者の社会思想運動と画業の苦しみの狭間で心身ささくれ立っていた私は、イタリアを訪れてくる日本人観光客の幸福に解き放たれた顔を見て、心底癒されていた。私は本当はこの国の人なのだと思うと、色々と夢と希望も湧いてくる。皆、塊になって連なって、何の不安も恐怖心も社会に対する憤りもなく海外旅行を楽しんでいるその様子はとても平和だった。

当時私は暮らしていた街中で生活費を稼ぐためにアクセサリーを売る屋台で働いていても、たまにそこにこの幸せな日本の方が現れる。お土産を物色し、安くならないかと私に値段の交渉をするのだが、誰も日本語では訊《たず》ねてこない。「出稼ぎかな、どこの人だろう」と夫に呟《つぶや》くご婦人の声を耳にして、なぜか「日本人です」と答えられなくなってしまった私。彼らの平和を壊したくなかったのだ。

私にとって近くて遠い、心地好《よ》さと拒絶が一体化した祖国、日本。母は「日本だけが世界じゃない」と言っていたけれど、日本という世界の複雑さと面白さは、こうして長く離れて暮らしていると、よりはっきり見えてくるものなのだ。

果たしてどちらのオバサンが旅をエンジョイできるでしょう!?
しあわせオーラ
吉田さァ〜ん また買っちゃったわ〜 ホホホ…
帽子にファンデーション しっかりUVケア
ツアーバッヂ
ポシェットとウエストポーチ (お金を分散して持っているしるし)
CUCCI
お買物いっぱい
(娘、ヨメ、マゴなどの為の高めのおみやげや頼まれた物など)
両手がふさがっているのがポイント
しわにならないナイロンのスラックス
きれいに磨かれたウオーキングシューズ
日本のグループ旅行のオバサン
勿論狙うのならこっち♥
ヒヒヒ…
ジプシーのスリ
男か女かわからん ささくれたオーラ
眉間にシワ
サングラス
短髪
UVケア無視ソバカス
腕組み
リュック
ITALY
おしゃれ心0%
ヨレヨレ短パン
スネ毛
履き込んだビルケンシュトック
アメリカの夫婦旅行のオバサン
50〜60代くらいのふたりを比較してみました♥

BOUEN NIPPON KENBUNROKU

【その二】

巨大化するおっぱいMANGA。

YAMAZAKI MARI

海外で漫画家をやっていると、現地の「ＭＡＮＧＡ」好きで、いつか「ＭＡＮＧＡ」を描く仕事をしてみたいと思う若者が私のところへ自分の作品を持ってやってくることがある。

先だってもポルトガルで漫画サイトを運営している人から、ポルトガル人漫画同好者達による同人誌を手渡された。コンペを開くから目を通してほしいという。私が本国日本の漫画家だから、きっとその辺は鋭い見解でコメントしてくれるはず！という大きな期待が放出しているのがわかるのだが、正直、私はそれらの作品を見るたびに困惑してしまう。

なぜなら、それら海外で「ＭＡＮＧＡ」描きを目指している人達の絵柄というのが、私が全く読まないジャンルの漫画を基本にしたものばかりだからだ。日本のメジャー漫画の主人公をなぞったのがはっきりとわかるキャラクター、そこに出てくる女の子達はみんな近未来的なミニスカートの衣装を身にまとった巨乳ギャル。彼らはもしかして、それらが「ＭＡＮＧＡ」の必要最低条件だと思っているのかもしれない。だから逆に彼らが私の作品を見ると、「え？　これ、ＭＡＮＧＡなんすか？」という激しい動揺の表情を浮かばせる。日本の漫画の広さをまだ彼らは完全に把握していない。

イタリアに留学していた頃、私が読みまくっていた漫画はマイナーな作家のものばかりで、未《いま》だにその嗜好は変わっていない。自分自身も屈折した青春期を過ごしたために人格が若干歪《ゆが》んでいるからなのだろうが、明るくて元気いっぱいな優等生よりも気弱で謙虚な変人が好きで、どうしても漫画作品もそういった作者の人間性が垣間見える物に惹《ひ》かれてしまう。だから、背景にそういった胡散臭《うさんくさ》い人間性を読み取ることのできない昨今のメジャーな日本のアニメや漫画に私はなかなか入り込めないのだ。

ただ、そんな海外の「MANGA」好きな人達の絵を見ていると、日本のキャラとの、とある違いに気が付くことがある。例えば女の子キャラの顔が日本のよりも大人っぽく描かれていたりするのだ。発達した胸とパンツが見えるミニスカートで読者にセックスアピールするのは、自らの体の成熟を意識した大人びた女性であるはず、という公式が彼らの潜在意識下にあるからかもしれない。「精神的には全く少女なのに身体だけ大人になっちゃやって戸惑っちゃってます」というロリータ系の童顔キャラでなくても、別に彼らはそれで良いのだろう。

うちのイタリア人の旦那は「ルパン三世」の峰不二子が子供の頃から大好きなのだが、考えてみれば、あの不二子こそ日本の巨乳キャラの原点の一人であった。ただし今と画期的に違うのは、不二子は胸だけがやたらとでかいのではない。彼女は心身全てにわたって満遍なく成熟している大人の女性なのだ。小悪魔的な性格でありながら、どこかで母性すら感じさせる厚みのあるキャラ。胸が大きくても彼女の人間性自体がそれを上回るインパクトの強さだから、バランスが取れていた。つまりマリリン・モンローや007のボンドガール的な生身の人間としてのリアリティーがあったのだ。

何年か前、とある気弱なイタリア人男から「日本人女性を紹介してほしい。できれば胸のでかい人」と頼まれたことがあった。彼にとっての胸の大きさは女性としての温かさを意味するものらしいのだが、いくら胸がでかくても性格の強烈なイタリア女に辟易《へきえき》し、今度はゲイシャのような従順で静かで恥じらいのある日本人女性に大きな憧れを抱いてしまったのだった。彼はその後念願かなって峰不二子ばりのグラマラスな日本人女性と付き合ったが、最終的にはボロ雑巾のようになるまでエネルギーを使い果たしたあげくに捨てられた。彼が憧れていた夢のような日本人女性はもはやアニメか漫画の世界の中にしか恐らく存在しないのだろう。

童顔に巨乳は現実の女性の強さについて行けない男性の哀しい気持ちの表れでもあり、おっぱいの大きさがその「憧れ」と比例するのであれば、一体これからそれはどこまで大きくなっていくのだろうか。まだまだいくらでも膨れ上がる可能性はありそうだ。

男性の女性嗜好はその時代のフィギュアに表れる
ギリシャ・ローマ時代
顔：穏やかな大人顔
肩：がっしり
胸：普通（せいぜいBカップ）
腹：ふくよか
臀部：がっしり
脚：がっしり
わあ〜
縄文時代
顔：無表情
目：小さい
胸：小さい（Aカップ）
臀部：巨大
腹：出ている
わあ〜
現代（ニッポン）
顔：童顔
胸：巨大（EとかFとかそのへんのカップ）
臀部：小さい
腹：まっ平
脚：細い
ほー
わあ〜
女性の男性嗜好はこんなに変化してないはずですよ……
なぜだろう？

【その三】

ぽっとんの闇が生んだ、世界最高峰トイレ文化。

YAMAZAKI MARI

夜中にふと尿意を催したもののトイレに一人で行くのが怖くて、無理矢理誰かを起こして道連れにしたりした人達は少なくとも私の世代にはかなりいると思うのだが、昨今の日本においてお便所へ一人で行くのが怖いという子供は存在するのだろうか。

私の祖父母が暮らしていた古い日本家屋のお手洗いは長い渡り廊下の突き当たりにあり、板張りのドアを開けるとそこには薄暗い裸電球がぶら下がっていた。そしてその電球の明かりに照らし出されるのはまず男性用の便器であり、ここにはいつも黄色や緑やピンク色をしたパラジクロロベンゼンの玉が転がっていた。そしてその臭《にお》いがまた何とも言えぬ寂しさと侘《わび》しさを醸し出しているのだ。「便所」と書かれたゴムのひんやり冷たいスリッパを履いて、もう一つの扉を開けるといよいよそこに恐怖の和式便器があるわけだが、その便器にかぶせられた白いプラスチックの覆いを持ち上げる段階で緊張感は極みに達し始める。その覆いを開けた途端にその便器の穴の底から湧き上がってくる恐ろしげな地底の轟《とどろ》き。そして臭い。人間の生活空間の中であれだけの強い自己主張を感じさせる場所は他にない。押し入れも物置きも家屋の中ではどちらかというと「影」にあたる場所ではあるが、便所に比べてその存在は至って謙虚なものだと思う。

欧米では大抵、便器はバスルームの中に付いている。お風呂という独立した特殊空間を持つのが当たり前の日本人にとって、浴槽の脇に置かれた便器は衛生的にも受け入れがたい抵抗感があるものだが、欧米人にとってはそれが当たり前のものなのだ。汚れた体を洗う場所の脇に排泄物を処理する便器があるのは、むしろ条理にかなったことなのかもしれない。

ただし、古代ローマ時代の便器に対するコンセプトは今の我々日本人と似ていたように思う。寛《くつろ》ぎを目的とした浴槽の脇に便器を置くなど、我々と同じく彼らの中には決して有り得なかった発想のはずだ（そのくせ炊事場に便器が付いていたりする家もあるので、それはある意味浴槽の脇の便器よりも強烈なものがあるが……）。

とにかく、日本人にとって排泄は隔離したところで為《な》されなければならぬものであり、そこには当然世の中から見捨てられたような排他的で悲しい空気が醸されることになる。それが私の記憶の中での日本古式のお便所なのだが、今は滅多に見かけなくなってしまった。

数年前、漫画の取材目的で新宿にある某水回り関係の会社のショールームへ出かけ、そこで入った恐らくその当時一番新しいスタイルのトイレに私は驚愕《きょうがく》した。美しく磨かれた床と壁、美しい照明、センサーで自動的に開く便器のふた、そしてそこから奏でられる甘美な音楽。用が済んだ後の洗浄もその時の必要性に応じて様々なパターンが選べるようになっているし、仕上げには温風で乾かしてまでくれる。用便の時だけではある

素晴しき古代ローマの水洗公衆便所

2000 年前、といえば日本では弥生時代の頃ですね……

が、そこでは自分はまるでどこぞの国の王か皇帝にでもなったかのような、至上のサーヴィスを受けられるのだ。ここでなら布団を敷いて寝てもいいとすら思った私だが、それにしてもこの日本のトイレの進化の仕方は一体何を反映するものなのか。

恐らく今の日本でも地方へ行けば未だに旧式和式便所は存在するし、先に記した我々の一人お便所の怖かった記憶もそれほど遠い時代のものではない。だというのに今や一般家庭においても公共の場においても、かつての恐ろしいお便所の自己主張はきれいさっぱり消えつつある。近年におけるお便所空間のこのエネルギッシュで劇的な進化は、まるで日本国民に植え込まれた和式便所トラウマを徹底的に取り去ろうとしているかのような勢いだ。いや、見方を変えれば人間の暮らしにとって最も大切な場所なのにそれが同時に一番恐ろしい場所だったからこそ、これだけ力と熱意のこもった画期的進化が可能になったのかもしれない。

ヨーロッパなどではどんなにゴージャスな新築家屋を訪ねても、便器は相変わらず浴槽の脇にあるし、それも新宿のショールームのような王様待遇とは比べ物にならない、愛想のないただの便器だ。お便所トラウマのない彼らには進化の必然性など恐らくほとんどないのだろう。

プラスチックの覆いを上げると便器の底から放出される恐怖の轟き。そして我々人間を奈落の底へ引きずり込もうとせんばかりの暗くて臭い穴。あれがあったからこそ、日本はこれだけのトイレ進化国になったのだと思う。

BOUEN NIPPON KENBUNROKU

【その四】

アイデンティティ なんていらない 日本の国酒、ビール。

YAMAZAKI MARI

ビールという飲み物に関しては日本のものが一番美味《おい》しいのではないかと私は思う。日本のビールの味は蒸気機関車を新幹線に進化させたり、洋式トイレをウォシュレットに進化させたりといったような、海外で発生した文化をそっくりそのまま自分達の中に取り込むだけでなく、さらに改良を重ねて磨きを掛けるという、日本人ワザの一つとも言えるだろう。

特に日本は有数のビール消費国でもある。これだけの需要があるわけだから製造会社の競争も激しくなるだろうし、飲んでもらって美味しいと思ってもらえなければその先はない。だから開発チームはその味をとことん極めようと一生懸命になるのだろう。

私も日本にいた頃はビールを本当によく飲んだ。友達と食事に行く時も、仕事の後も、お風呂の後も、それまで自分の中に凝り固まっていたストレスや疲れといった老廃物がビールという魔法の飲み物を流し込むことによって一気に弾き飛ばされるあの感じは、他のどんな飲み物にも代え難い。夏の間のビアガーデンなんていうのは恐らくあの時期の日本で最も人間の幸せオーラ放出量が多かった場所ではないかと思う。見る人見る人皆、緊張感の糸がぶっちぎれた表情で、生きる喜びをビールという酒によって誘《いざな》われているかのようなあの様子はちょっと他では見かけない光景だ。

日本人のビール好きは世界の、例えばドイツやデンマークやアイルランドなどといった国の人々のビールを嗜好する要素とはちょっと違うようにも思える。テレビのCMにしても日本のものほどエネルギッシュで爽快感が弾けるものは他の国ではなかなか見かけない。うちの夫も日本のビールのCMを「ビールはまるで日本人の命の水だな‼」と言って絶賛しているが、それくらい日本ではビールというのは解放感と明日への活力を注いでくれる大切な酒なのだ。

そんなわけで日本では常にビール祭りの私だが、実は海外に暮らしている間は全くと言って良いほどビールは飲まない。日本製のビールを美味しいと思ってしまうとなかなか他のものに馴染《なじ》めなくなるというのもあるのだが、何よりもまず海外では日本のようなビールの爽快感を味わえないからだ。

日本ではどんな食事の場でも取りあえず注文されるビールだが、イタリア人達はご飯の前に自分の国のもの以外の酒を飲むなんて考えられないらしい。基本的に食事の時のアルコールは食前食後を除いてワインで一貫していて、それ以外の飲み物では美味しく食事を頂けないと思い込んでいる。

例えばイタリアのレストランで日本人のツアー客が食事の始まる前にビールを注文すると、その様子を周りのイタリア人は納得のいかない顔で見ていたりする。世界でも屈指の美味《うま》さを誇るイタリア料理を食べる前にビールでハラを膨らますとはどういうこと

ビールを擬人化してみました
私にとってのビールは
このような人達が
一緒になったイメージです……
やたらと明るい
サラリーマン
なんかあったらワシがおるからな、まかしとき!
も、パーっとやっちゃおう! ね!?
陽気でさっぱり
した美人(ボイン)
お人好しで人なつ
っこいオッサン

だと彼らは思っているのだ。そんな周囲の反ビールプレッシャーを感じているうちに、自然と私もビールを欲さなくなってしまった。

ついでに言えばヨーロッパの人々はワインの味に対してですらやたらと保守的で、自分の国で栽培された葡萄《ぶどう》のワインだけしか基本的には信用できないらしく、イタリア人がフランスワインを飲んだりポルトガル人がイタリアワインを飲むということは日常的には滅多にない。そんな彼らの過剰に保守的な飲み物に対する嗜好を見ていると私は何気にヨーロッパという国が未だに見えない国境線で隔てられているという生々しさを感じてしまう。

しかしそんなイタリアにだって自国原産の飲み物ではないビールの製造会社は存在するし、さすがに夏の暑い時にはビールを飲む。そして通年でもピッツァを食べる時にはワインではなくビールを飲む。大雑把な食事には単純な爽快感を醸してくれるビールが合うという解釈なのだろうか。

どっちにしろ、ワインという飲み物が幅を利かせている国では、ライトな感覚で飲めるビールの支持率はあまり高くないというのが事実だろう。

日本はその点雑食の国だから、ヨーロッパの人達のようなアルコールに対する保守性は全く感じられない。イタリアの夫の実家の冷蔵庫には私が2002年にプレゼントした「さつま芋焼酎」がそのまま突っ込まれたままになっている。ヨーロッパの多くの家では得体の知れない他国の酒はそのように非情な扱いを受ける可能性がある。一方で以前私は日本の飲み屋で大変珍しいアマゾン原産の酒というのを出してもらったことがあり、そのアルコールに対する間口の広さにしみじみ感心したものだった。

酒だろうと食事だろうと、どこの国のものでも美味しければ受け入れようと思う日本人の寛容さは大きな美徳だと思う。そして、そんな中でビールが日本においてのアルコールのトップとして君臨するのは興味深い。

欧州の、例えばイタリアやフランスでは食卓に立派なワインが出ると、その場にいる人々はそのワインのアイデンティティを追求しなければならない義務を何気に強いられる。しかし日本でのビールはアイデンティティも自己主張もない。飲んでくれる人に爽やかな快感を味わってもらおうというサーヴィス精神旺盛なあのフレンドリーな美味さは、本当に素敵だし、日本人の幸せにはなくてはならない飲み物ではないかと思う。

日本のこじゃれたイタリアンレストランでリーデルのグラスに注がれた高級ワインをゆらゆら揺すっている日本人は何気に胡散臭いと思ってしまうが、ビアガーデンで満面の笑みでビールを呷《あお》る日本人は眺めているだけでも幸せになる。

【その五】

厳かに行われる俄か結婚式の妙。

日本を訪れる外国人が衝撃を受けるものの一つに、挙式用に建てられた「俄《にわ》か教会」がある。日本を訪れた敬虔《けいけん》なキリスト教信者が宿泊しているホテルの敷地内に素敵な教会が建っているのを見つけ、中へ様子を見に入ろうとしたがそれが叶《かな》わなかったという話を聞いた。そりゃ間違えるだろうと思う。運良く入れたとしてもそこに牧師さんや神父さんはいない。いたとしても普段はどこかで英会話を教えたりしているアメリカ人やオーストラリア人だったりする可能性も高い。

これに関しては海外のメディアも何度か「日本の不思議な教会」と題して取り上げたりもしているが、その「俄か教会」で挙式した友人などに聞いてみると「神前でも良かったんだけど、教会で結婚式するの、子供の頃から憧れてたし」ということだった。彼女は勿論《もちろん》キリスト教信者でも何でもないし、結婚を機にキリスト教に入信しようと思っていたわけでもない。これはやはり多神教国の日本だから可能となった結婚式の進化形なのかもしれないが、もっと凄いのはこの「俄か教会」では物足りなくなって、イタリアなどの真正キリスト教国家の、市の許可などもらわねばならないような歴史と由緒ある教会で式を挙げてしまう日本人のカップル達がいることだ。当然そういった式には手はずを整えてくれる仲介業者などがいるのだろうが、それにしても私は、かつてフィレンツェのルネッサンス期に建てられた街の中でも特に結婚式の許可をもらうのが難しいとされる教会の階段から、ニッポンの俳優の石田純一さんが新郎として降りて来るのを見た時は思わず固まった。学校の帰りか何かだったと思うが、ふとその教会の前にできている人だかりが目に入り、何事かと待ちかまえていたらそこから出て来たのが白いタキシード姿の日本の俳優だったのだ。

その頃のイタリアでは一度結婚をすると離婚するのに少なくとも5年、いや8年以上は掛かると言われていた。そして今も実際付き合っている相手の離婚がまだ正式に成立していないのよ、という人達が結構いる。カトリックの国なので一度結婚した伴侶とはいかなることが起きようとも一生共にいるべしという概念が法律の中にもしっかり食い込んでいるからなのだろうが、簡単に進まぬ離婚は面倒臭いし疲れる。実際、離婚の手続きが長引くうちに耐えられなくなってよりを戻したという人達も沢山おり、それは完全に離婚に賛同しないカトリック理念の「目論見」に嵌《はま》ったケースと言える。

「私達は、夫婦として、順境にあっても逆境にあっても、病気の時も健康の時も、生涯、互いに愛と忠実を尽くすことを誓います」という誓約をしたからには、何とかこれを守り抜くように努力をせねばならぬ、それをしっかりと自覚し、そして認識し合うのがカトリックの結婚式だ。「結婚しよう」と何気に盛り上がったカップルも、あの教会での儀式を通過すると「本当にもう後には引き下がれないんだな……ああ……」という喜びばかりに染まらない、生々しい実感も湧き上がってくるのだろう。

しかし、強い宗教観念を持たない国では全く様子が変わってくる。

例えばカリブ海の社会主義共和国キューバでは3回も4回も結婚・離婚を繰り返すのは別に何でもないことらしい。経済的に苦しい国だけに派手な結婚式など滅多にできないという理由もあるが、大抵初婚の時だけは家族や知人を招いてのシンプルなパーティーを開き、その後に関しては役所へ行って婚姻の登録を繰り返すだけで済ませてしまう。そんな彼らを見て思ったのは、「結婚しよう」という言葉は「好き」、そして「愛している」では出しきれない最大級の愛情表現であり、決して将来お互いイヤになっても一緒にいて、作り上げた家族に責任を持とう、という宣言ではないということだ。儀式という人生の節目宣言をいちいちやらなくても良いとなると、確かに結婚・離婚を繰り返すのも至って簡単なことになるのだろう。

バブルの頃、3000万掛けて盛大な挙式をしつつ一週間後に別れた日本人カップルを私は知っている。女性側の家族はとてもお金持ちだったので、その母親は「仕方ない、3000万で踊りを踊ったと思うしかないわ」と笑っていた。「俄か教会」で「生涯互いに愛と忠実を尽くすことを」誓っても、多分本人達も招かれている人達もイタリア人のカトリック結婚式のように「これでこの人達は余程のことでもない限り一生一緒にいることになるのだな……たとえ夫の浮気が発覚して妻に皿で頭を割られようとも」というような感慨深さに陥ることはない。そう考えると日本の昨今の挙式は「これから自分達の家族を築き上げます」という宣言以上に、人様に愛を結晶させた自分達が主人公となる素敵な「ショー」をお披露目する、という雰囲気に近いのではないだろうか。ちなみに私がフィレンツェで見かけた石田純一さんは、確かその十数年後に離婚された。

地元の人ですらなかなか叶わないあの厳かな教会で挙式をしたカップルの中で、十数年後とはいえ、そんなにさっくりと離婚できたのは歴代彼くらいだったのではないかと思うし、その後彼が繰り広げてきた恋愛遍歴や若い女性との再婚など、イタリア人にとっては夢の話に聞こえるかもしれない……。

わたくしの結婚式で最も印象に残ったこと4点
その一
私は 2002 年にエジプトの在イタリア大使館で結婚式をしました。参列したのは新郎の両親と立会人を含む 5 名でした
私と同じ赤！
新郎の母親の衣装は花嫁より派手だった
その二
立会人は新郎ベッピの親友（ゲイ）で、ずっと不安げに新郎を見つめていた……
結婚なんかして後悔しても知らないんだから！
その三
結婚式を執り行ったイタリア大使は女性だが、イライラしながら15分で式を終わらせた
赤いプラスチックの髪どめ
眉間に深いシワ
たすき（国旗）色が逆
みどり
赤
よれよれの服
だいたい50才くらい
よってこれより二人は夫婦となる以上！
その四
式の後宿泊していたフォーシーズンズホテルのレストランでお祝いをしたのだが、5 名分の飲食費がなぜか全て私の会計として付けられており、私は仕方なく全てを支払った
レセプション
先日のご昼食のご請求がございます…
えっ……私が払うの⁉

BOUEN NIPPON KENBUNROKU

【その六】

子供の物欲を あおりまくるメディアに 注意せよ。

YAMAZAKI MARI

子供の精神的発育を促すおもちゃというのはとても大切なものである。私の母親は子供が物欲に翻弄されるのを大変厳しくコントロールする人だったので、実はあまりいろんなものを買ってもらえなかった。プレゼントは年に2回、お誕生日とクリスマスの時だけ。それもおもちゃ屋さんで見かける華やかなキャラクターものなどはダメで、何だか知らないが北欧の職人が作った木製の細工やぬいぐるみなどだった。確かにプレゼントである以上そういうものをもらうのも嬉しいのだが（ちなみに母は「暮しの手帖」の戦後からの愛読者）、やはり学校なんかでお友達と接触すると、どうしてももっと世俗的なものが欲しくてたまらなくなる。子供には北欧の細工を評価できるような審美眼は備わっていないのだ。

ある時私は妹と二人でタッグを組み、「人生ゲームが欲しい!!」と母に訴え続けることにした。自分の質素な生活ポリシーを逆なでする以外の何物でもない資本主義王道ゲームを、幼い子供二人が買って欲しいと騒ぎ続けるその光景に最初はうろたえていた彼女も、最終的には私達の訴えを受け入れ、見事その年のクリスマスプレゼントには人生ゲームを入手することができたのであった。

初めはあんなに拒絶反応を示していた母もやがて人生ゲームに嵌り、私達以上にゲームのコマに感情移入しているその様子を見て何だかよい心地になったのを思い出す。

そんなかつての経験が反映してなのか、私は自分の子供にはなるべく彼が自分で選ぶおもちゃを与えてあげたいと思うようになっていたし、できれば私も彼のその嗜好の世界を分かち合える立場になろうと心掛けた。

例えば彼が「きかんしゃトーマス」に嵌った時は、絵本を買ってきて私も読み漁《あさ》り、登場人物（機関車）を全て覚え、精巧な超合金製の模型なんかも集めたりした。そしてレゴに嵌った時は私も一緒になってレゴ作りに熱中したし、私の同業者の友人達なんかも遊びに来ると必ず子供と一緒にレゴ遊びに参加し、息子が車や船を一生懸命作ってている傍《かたわ》らでロックグループのライブ会場やヘンな生き物を組み立てて、年甲斐もなくバカみたいに盛り上がっていた。

結果、自分が楽しいと思うものは大人も楽しく遊べるもの、という概念が幼い息子の中に自然に育《はぐく》まれていき、私も彼が周囲のお友達の影響で少年向けの漫画などを読み始めるまでは彼と一緒に楽しいことに没頭することができていた。

ところがある日、私にはどうしても面白いと思えない遊びに彼は凝りだしてしまった。それは某少年誌に連載されていた漫画をベースにした、トレーディングカードゲームというやつだ。コンビニや書店等に行くと置いてあるこのカードのパッケージを見ては「みんなも持っているから欲しい！」を連発するようになった。このカードゲームは一袋150円くらいで、パッケージを開けてみるまで中にどんな種類のものが入っているかは当然見えないようになっている。子供が貯めた小遣いで一袋のパッケージを買って開けてみても「またこれだ～！」という展開が頻発する。しかもやっとお待ちかねのレアカードが出ても、余所《よそ》の子供とのバトルで負けてそれを取られてしまうこともある。それでも息子はそのゲームの面白さを強要しようと私に迫ってくるのだが、私にはルールもさっぱり理解できないし、買うまで中に何が入っているかわからんという商法やプチ賭博的要素には許し難いものがあったので、断固として興味を示さなかった。

するると息子はある日、もっと可愛らしいキャラクターを使ったトレーディングカードゲームをどこからか購入してきて「ほら、これなら絵も可愛いし、簡単だよ？」と私に勧めるのである。可愛かろうが簡単だろうが、結局はトレーディングカードゲームに変わりはない。「ダメだわ、ママ、カードゲーム大嫌いだわ」と寂しい顔をする息子に構わず拒絶しまくった。こんなことになるなら、最初から北欧の木製の人形でも与えてそれに満足する子供に育てるべきだった、などという後悔すらした私だが、日本という国と縁がある以上はこのメディアが煽《あお》る子供の物欲を避けては通れない。極力避けて通ろうとすると逆に変人になってしまうかもしれない。どうしたらいいものかと私は考えた。

そしてそこで思いついたのが「自家製カードゲーム」だった。カードゲームだって私が自分で作ればコストも掛からないし、逆に子供の意見を取り入れて面白いものができるかもしれない！　そう思い立った私は息子に「どれ、ママが世界一のカードゲームを作ってあげようじゃないの！」と宣言した。息子はとても喜んだ。

しかしこれが思いの外《ほか》、大変なことだった。息子が図鑑から選んできた動物をトランプ大のカードに描き込み、着色する。何気ない作業のようだが、世界一のカードを作るなどと豪語した手前手抜きはできない。ルールは息子が既成のカードゲームルールを真似て描き込み、やれそれで遊ぶとなるとやっぱりワケがわからないのだが、取りあえずコンビニや書店で150円を散財させないために私は全力を振り絞った。

ところがさすがにこの作業を毎日続けると応えてくる。息子が図鑑を持ってこちらに歩いてくるのが視野に入っただけで「ああ……また描かせられるのか……」という気持ちになってしまい、そんなコンディションで描く私の絵柄もどんどんずさんなものになっていく。息子はそれでも母親がカードゲームに興味を示してくれているのだからと思って文句は言わない。言わないが、絵がヘンだと気分をそそられなくなり、それを使って遊びたいと思う気持ちは萎えていく。

よって自家製カードゲームは20枚程完成した時点で突如生産中止になった。息子のカードゲーム熱もなぜかそれと同時に下火になり、ある日私と彼は使わなくなった既製品

わたくしが精魂込めて
作った自家製カード
（上から下へ、集中力の込められた順番）

のカードゲームをリスボンのフリーマーケットで他のおもちゃと一緒に売りさばくことにした。この私にたっぷりと憎々しい思いを募らせたカードゲーム、売れ残ったら捨てるよと息子には言っていたのだが、なんと店先に広げた途端にそこへ集まってきた子供達やら大人達によってあっという間に完売してしまったのである。こうなると、北欧の木製細工を作る職人の息子や孫も実はカードゲームで遊んでいるかもしれない。私は暫《しばら》く愕然《がくぜん》となった。

要はこういう流行《はや》りものに嵌ってしまったら、ヘタに抵抗しようとするよりも、流れには逆らわず自然に飽きるのを待つべきということなのかもしれない。部屋の隅に放置されている汗の滲《にじ》み込んだ自家製カードゲームを見ながら、ぼんやりとそんなことを思う私であった。

【その七】

同化しようとするカメレオンたちのストレス。

YAMAZAKI MARI

先だってイタリアから姑が我々家族の暮らすシカゴに訪ねてきた。北イタリアのトウモロコシ畑に囲まれた巨大な敷地の一軒家に夫と暮らす彼女は、毎日飼育している鶏やカモ、そして自家農園の世話に明け暮れており、疲労が溜まってくると数か月にいっぺんの割合で突発的に旅に出たがる傾向があるようだ。そして今回はその衝動的旅の矛先が彼女の愛する息子とその家族の暮らすシカゴに向けられた。

この姑は私も漫画作品上に何度か登場させているが、実際は小柄で筋肉質な、「矍鑠《かくしゃく》とした」というイメージがぴったりの女性だ。筋張ったその体から放たれるバイタリティーは恐らく通常の人間の3倍くらいはありそうで、何気ないひと動作、例えば立ち上がってゴミを捨てに行くという行為だけで300キロカロリーは消耗していそうな女性である。300キロカロリーの動作をもっと具体的に分析すると、まず彼女はゴミを捨てねばならぬということを大声で宣言し、そのゴミを必要以上の力を込めて派手に圧縮しながら立ち上がり、立ち上がったついでに目に入った私や夫のところを経由してお喋りをし、その間ずっと手に持ったゴミをがさがさと弄《もてあそ》び続け、お喋りの途中で自分がゴミを捨てに行こうとしていたことを思い出し、猫の尻尾《しっぽ》を踏みつつ（なぜか猫を叱咤し）ゴミ箱に向かう時点で居間に置いてあるソファーに派手に体を体当たりさせ（前をよく見て歩かない）、そこで手にしていたゴミを床に落とし、拾うついでにまた目に入った細かいゴミを採取し、やっとそれらをまとめてゴミ箱へ、という経過を辿《たど》るような人なのだ。

そんな姑がシカゴの我々のマンションで滞在していたのは私が仕事部屋として使っている居間だったのだが、「家族」を人類の究極の生存理由に掲げる彼女にとっては、その私の仕事場がたとえテレビ局のスタジオであったとしても荷物を広げて寝泊まりするのは当然ということになるらしい。家族同士でも気をつかいまくる日本人にはちょっとないその大胆さには、何年付き合っていてもなかなか慣れることはない。

さすがにその件については事前に私も夫といろいろ言い合ったのだが、お互いの持っている家族に対するホスピタリティー概念が平行線を辿るばかりなので、私は結局自分の仕事場のソファーを彼女に開放せざるを得なくなってしまった。家族で頻にキスどころか抱擁すらしない日本人の習性を彼らに把握させるのは至難の業《わざ》だが、イタリアに長く暮らした経験があり、その上イタリア人の家族を持った私は彼らの言い分を懐を広げて呑み込んでしまう。

そんなわけで私の仕事場の床には彼女がイタリアから持ってきた荷物が所狭しと広げられた。「だいじょうぶ、あなたの仕事の邪魔には決してならないようにするから！」と思慮深い顔で私に断りを入れてはくれるのだが、彼女にとっての「邪魔」は物凄く狭い範囲のことを意味するようだ。

結局机で締切迫る漫画の原稿と格闘する私の視界の端にはソファーで悠々と爆睡する彼女の寝顔があり、耳には轟く鼾《いびき》、そして目が覚めた直後はアヒルの飼育のコツを延々と聞かされ、キッチンで用意してきた牛乳たっぷりのコーンフレークを床に落ちていた本に躓《つまず》いて全てぶちまけ、ひとしきりそんなことを展開した後でやっと外に出かけてくれるのだが、帰ってくると今度は調達してきたものを私の仕事机の上に広げてご丁寧にお披露目して下さる。ペン入れの終わった私の原稿用紙の上に「見て見て、これ、80パーセントオフだったんだけど、なかなかいいでしょ⁉」と嬉しそうにセーターを広げる姑に、私には抵抗する気力はない。彼女は実は涙もろくて些細なことで傷つきやすく、嫁に冷たくされたとなると理性のバランスが一気に崩れるであろうことを私は以前の経験から深く心得ている。

注意をしなければ勿論彼女の行動はますますエスカレートしていくのみ。そんな彼女に対しての憤りを募らせるよりも、私は自分の中でどんどん膨れ上がる「忍耐」の層の厚みを痛感し続けた。私はその狭い空間の中でどんどん我慢強い日本人になり、姑は周りなど気にせず自らの人生謳歌を追求しようとするイタリア人力をじゃんじゃん発揮し続けた。

あれよあれよという間に台所も私が使用している化粧室も彼女仕様になっていく。冷蔵庫の中も私が大切にしている日本の食材は奥へと追いやられ、残る空間の8割は彼女がイタリア料理を作るために調達してきた肉やらトマトなどの野菜で埋め尽くされる。彼女は旅という限られた時間の中で、最大出力で自分を取り巻く空間を「自分化」していくのだ。

私はそんな彼女を見ていて、かつてのイタリア人移民のことを思い浮かべた。貧しいイタリアから世界の各地に移住したイタリア人達は、その到達した地域でイタリア人街などを形成し、ある時はそこでその国の経済をも操作する巨大な暗黒組織を作り上げたりもしていった。そんな彼らの、他国への移住という「負」の状況を乗り越える計り知れない底力。これは例えば中国の人にも同様の資質があるように思うが、とにかく我々日本人には簡単に真似できないものである。日本の移民達は恐らく到達したそれぞれの新しい土地で、必死にその土地との「同化」を心掛けただろうが、イタリア人はきっと違った。うちの姑は私の生活様式に「同化」するどころか、自分の運んできたイタリアでの生活様式に逆に私を「同化」させようとしたのだ。

彼女は日本でも、シリアでも、ポルトガルでも、アメリカでも、現地の人とイタリア語だけでコミュニケーションを取ろうとする。そしてそれで不便したことはないという。

我々日本人は外国語に関しては完璧な文法で完璧な文節を作ろうとしたがるからいつまでたっても言語を上手く習得できないという説があるそうだが、日本でイタリア語を喋る自分の存在を会う人々に認めさせていこうとする無謀な姑を見ていると納得がいく。

2週間シカゴを満喫した姑はぎっしりと家族への土産を詰め込んだスーツケースを引っ張ってイタリアへ帰っていった。彼女の去った仕事場を私は自分仕様に戻すために片付け始めたのだが、その時本棚に置かれている彼女の折りたたまれたパジャマを発見した。後に電話でその忘れ物について伝えると「ああ、忘れたわけじゃないの。どうせまた行くから置いておいて〜！」ということだった。そのウキウキとした彼女の口調に私は結局何も言い返せなかった。

姑 シカゴ滞在 3日目
夫の声
あっ 窓の外に オバマのヘリが ……っ
オバマ!?
4万画素デジカメ
やったっ！ 写真に撮って イタリアで 自慢してやるっ
ダ
オバマって
わっ
オバマ!?
オバマ!!
ドガ
バラ
バラ
バラ
あれがオバマなのねえ～!!
私の原稿をふっ飛ばした事すら気付かず粒のようなオバマのヘリを激写する姑

BOUEN NIPPON KENBUNROKU

【その八】

信頼できるのは、女好きより、猫好き人間。

YAMAZAKI MARI

エジプト人達は自分達で飼っていた猫が何らかの経緯で隣町に行ってしまったりすると、取り返すために戦争までしたといわれている。どこまで本当なのか定かではないが、確かにエジプトの考古学博物館などで見かける石で造られた猫の像なんかを見ているだけで、彼らがどれだけ猫を愛《め》でていたかが充分に窺《うかが》える。造った人が石を彫ったり削ったりしながらなだらかな背中や後ろ足のカーブを描く優雅な石の表面をうっとりと撫でまわしている感じがリアルに伝わってくるのだ。見ている側も猫好きだと、その様に何世紀もの時を隔てて互いの猫に対する気持ちを重ね合わせたくなる。「イヤ〜、ほんとうにこんなですよねー、猫ってほんと、最高ですよねえ〜」と何千年も前の猫好き職人に対して頭の中でついつい呟いてしまう私。

私は自分の人生で猫を絶やしたことがない。少しの期間でも猫が身近にいないと自分の心身のバランスが脆《もろ》く崩れていくのがはっきりと実感できる。猫がそばにいてくれなかったら私は今頃漫画を描くことも続けられず、生活を維持することも不能になって屋外を徘徊《はいかい》する世捨て人になっていたかもしれない。一度だけ猫が3か月程いなかった時期があったのだが、その時は本当に苦しくて大変だった。猫の感触を感じられないあのコントロール不能の飢餓感は一種の病気である。猫依存症である。だがこうなってしまったのは、私が元々猫依存の家庭に育ってしまったせいでもある。野良猫を見つければ放っておけずに家に連れてきていた母や祖父母だけではなく、私の夫さえも「猫が好きじゃない人は俺は信用しない」というほど猫に縛られている人である。私は犬も大好きだし、生き物ならほとんど、魚も虫も何でも好きだ。でも猫は「好き」というカテゴリーに分類されるのではなく、人生における「必然」なのである。自分達の猫を取り返すために隣町と死闘さえしていたエジプト人と同じ血が私の中にも流れているのかもしれない。

エジプトもそうだが、中東は犬よりも断然猫に対して好意的な国が多い（イスラム教では犬は邪悪な生き物とされる）。例えば中東のシリアのダマスカスに暮らしていた時は、アパートの周辺に20匹近い野良猫が暮らしていて、みんな何を喰わせてもらっているのか知らないが揃いも揃ってデブだった。野良猫のくせに敏捷性も緊張感もなく、人間に対しても一切の恐怖心を持っていない。

私達家族はその時アパートの2階にシャムのメス猫と暮らしていたのだが、彼女は完全な家猫で外には出さなかった。その猫が発情期になった。私はさほど事態を深刻に捉《とら》えずにいたのだが、ある日5分だけ外に買い物に行って帰ってくると、家の中にこ汚い赤毛のデブ猫がいて、うちのメス猫と激しく行為に及んでいた。私は咄嗟《とっさ》に箒《ほうき》を手にしてその膨れ上がった赤毛をサザエさんのように追い払おうとしたのだが、そいつは全く逃げようとしない。取りあえず行為を妨害するのは成功したが、赤毛はどんなに私に箒で威嚇されても微動だにせず、しかも「お前、バカ？」というような表情で私を見つめているのだ。

最終的にはなんとかそのデブ（多分あの地域の猫達の中ではボス格）を追い払えたが、うちのメス猫は私が留守にしていたそのたった5分で見事に身ごもり、数か月後に7匹の子を産んだのだった。それを御近所の人に話すと皆そのボス猫が2階もの高さまでジャンプして窓の隙間をこじ開け家の中に侵入した情熱と力強さをしみじみ褒め称える。「災難だったわね」という言葉は一言もなく、生まれた子猫を撫でまわしながら「沢山生まれて良かったね！」と満面の笑みを浮かべる。

ポルトガルのリスボンも猫好きの多い街だった。リスボンの我が家は古い家屋の3階にあったのだが四つ角に面していて、小さなベランダが付いていた。当時飼っていたのはダマスカスから連れてきた赤毛の猫なのだが、彼は頻繁にベランダの桟の上に登ってうろうろしていたので、周辺に暮らしている人にはその危なっかしい様子からもすっかり覚えられてしまっていた。その猫がある日、外壁工事の枠組みを伝って外へ逃げてしまったことがあったのだが、「さっきどこどこで見かけたわよっ！」という近所のオバサン達の証言を順番に辿って行ったら本当にうちの猫に出会えたのでびっくりした。

またある時はうちの呼び鈴が鳴ったので、訪ねてきたのが誰かを確かめるためにベランダから下を見ると、気の良さそうな初老のおっさんが赤毛の猫を抱き抱えて立っている。そしてベランダから見下ろす私を見つけると、「ほれ、おたくの猫がまた逃げてましたよ〜!!」と英雄然とした笑みを浮かべながら抱えた猫を高く持ちあげて見せてくれた。しかし、我が家の猫はしっかり私の足元にいて、そのおっさんを一緒になって興味深げに見下ろしている。おっさんは、どこかで間違った猫を見つけて連れてきてしまったのだ。それに気付いたおっさんは「え？　じゃこいつは？」と小さく自問自答し、抱えていた猫をそっと地面に下ろすと照れ笑いを残してその場から足早に去っていった。私はそれから何度もこのおっさんが近所の野良猫スポットで袋一杯のキャットフードを喧嘩が生じないように数メートルごとにわざわざ分散して置いている姿を目撃している。

夫は「猫が好きじゃない人は信用しない」と言うが、確かに世界のどこを見ても猫好きには味わい深い人が多いように私も思う。猫を愛するが故に自分の振る舞いや態度が人から笑われたり訝《いぶか》しがられたりするほどおバカになってしまっても、そんなことは関係ない。猫はスタイリッシュさを保持しながら可愛がれるような生き物ではないのだ。

どんなに尽くしてあげても相応するような見返りは決して期待できないし、時として人間の行動をアホにする。それでも底なしの愛情を注がずにはいられなくなる猫という動物を、私は今日も全身全霊で可愛がるのである。

最近 私はこのような状態で
仕事をしております…
我が家の愛猫
ベレンちゃん
(1才)
ベンガル猫
お陰様で 腕に
がっちり筋肉が付きそうです…

BOUEN NIPPON KENBUNROKU

【その九】

ナチュラルに着飾れない、みすぼらしい東洋人の悲哀。

YAMAZAKI MARI

シカゴ近郊に日系の本屋さんがある。そこで何となく雑誌を物色し、綺麗な写真が目についた、とある一冊を選んでレジへ持っていこうとすると一緒に来ていた旦那が怪訝《けげん》そうな顔で私と雑誌を見比べ、「なんでその雑誌を選んだの？」と問いかけてきた。私が選んだのは恐らく20代から30代の女性をターゲットにしたモード誌で、金髪のスラブ系と思《おぼ》しき美しいモデルが表紙になっているものだった。「どうして日本人じゃなくて欧米人がモデルになっている雑誌を選ぶの？」と彼は私にかなり真剣に問いただそうとする。「写真が綺麗だし服も私好み」と答えると、後ろの本棚から日本の女優が表紙になっている立派な雑誌を持ってきて「こういう方がいいんじゃないの」と意味不明の提案をしてくるのだ。はっきりと理由は言わないのだが、私にはわかった。日本人が欧米人の美を追求するのは見当違いじゃないかと潜在意識下で思っていたのだろうと思う。

夫が「これにしなよ」と持ってきた分厚い高級志向のその雑誌をさらっと捲《めく》ってみると、確かに写真は綺麗だし、日本の古都や料亭の美味しそうな食べ物の写真などが満載で読みごたえはありそうなのだ。ただ、そこに取り上げられている高級で清楚な洋服やスタイルも含めて、私は誌面全体から妙な圧迫感を感じた。一応年齢的には私世代が読む雑誌らしいが、これはちょっといらないと夫に返すと、なぜなのか理由を知りたいという。「私がこういう雑誌を熱心に読む人になったら、うちは確実に破産するわ」と一言言うと、黙って元の場所にその雑誌を戻しに行った。

海外暮らしが長いので、モードの視点が日本ではなく周辺に見る欧米の人達に置かれてしまっている部分は確かに自分の中にあると思う。だからといって意図的に何もかも欧米人の真似をしているつもりはないし、日本のスタイルというものにも意識は向けていたい。ただ、海外版の雑誌も含めて欧米人をモデルにしている雑誌の場合だと日本のような具体的な美意識の年齢的差異を強いられないので気が楽なのだ。もう40代も半ばになるのだから、そろそろそんなだらしのない格好は止めてエレガントな装いで人様の前に出るべきでは？　という暗黙の圧迫感が私は苦手なのである。

イタリアの夫の実家がある小さな街をぶらぶら歩いていると、はっとするようなかっこいい中年女性を見かけることがある。そういう女性は必要以上に自分を美しく見せようとすることが時として醜さを招いてしまうこともわかっている。だから過剰な雰囲気は一切ない。顔には夏のバカンス中にできたシミもあるし、小皺も沢山できているけど、その日焼けした肌から醸される年齢なんか気にしない彼女の精神的ゆとりもまた、彼女の美しさの大きな一部分になっている。

私が今最も素敵だと思っている女性はフェルナンダ・モンテネグロという80代のブラジル人の女優なのだが、私はかつてリオのイパネマビーチでたまたま彼女とすれ違ったことがあった。気候や社会的事情上、ブラジルはイタリアよりも装いで自分を演出するのが難しい国なので、その人が美しいかどうかはその人自身の醸すオーラ次第。私が出会ったそのおばさん女優は、簡素なワンピースを一枚纏っただけの本当にラフな格好だったが、屈託のない笑顔で孫をあやしながら歩く彼女の、人生を賛美するような優雅なオーラはどんなドレスを纏うよりも美しいものだった。彼女を見て、女性はどんなに年を重ねても、どんなに野暮ったい服を着ていても、若い人の何倍も輝けるものなのだとその時実感した。

海外に暮らしていると日本で見かけるのとはまたちょっと違ったこういう女性の美の構造に気付いてしまうので、なおさら装いに対する意識が軽くなっていく。しかし、この装いに依存しないシンプルな美しさの演出というのは実は容易なことではない。

かつてフィレンツェで貧乏画学生をしていた頃、私は本当に着るものには無頓着だった。絵を描いていればそれだけで充足できていたので、それ以上の何かで自分を満たす必然性を感じていなかったのだ。こう表現すると当時の私が貧乏であっても何気に輝いていたような雰囲気になるし、自分でも充分に輝いているつもりになっていた。私は好きな絵を描いていられることで、自分万歳な気分に酔いしれていたのだろう。

そんなある日、我が家にジプシーの物乞いがやってきた。私はうっかり誰かを確認せずにドアを開けて、「しまった！」と思ったのだが、ドアに向かって右手を差し出した格好で突っ立っていたボロボロのジプシーのオヤジは私を見るなり、表情を強張らせた。そして、私の姿とドアを数回見比べてから「悪かった！」といきなり私に謝罪した。

「あんた、ここに雇われているんだろ？　本当に悪かったっ！」

オヤジは思いやりたっぷりにそう言うと「がんばれよ！」とエールを残してその場から立ち去っていったのだが、その直後ジプシーのオヤジに謝罪されるくらいみすぼらしかった自分のナリについて私は暫く考え込んでしまった。

東洋人というのは恐らくその骨格や容姿的にも、内面の充足感だけでゴージャスドレスを纏ったかのような雰囲気を演出するのは難しいのかもしれない。それとまず何よりも、私が持っていたような変な自負心や無頓着さというのが曲者《くせもの》なのだ。あの時、あのジプシーオヤジに謝罪されなかったら、私はどんどん裸の王様ミスボラシバージョン道を突き進んでいた可能性がある。そう考えると、40代以降をターゲットにした日本の高級婦人雑誌は有難い注意を促してくれる座標とも言える。

私は考えを改め、夫が本棚に戻したその雑誌を取り戻してきて結局2冊購入した。それを見た夫は私に、「……それはいいけどさ、破産は勘弁してくれよ」と小さく不安げに囁《ささや》いたのだった。

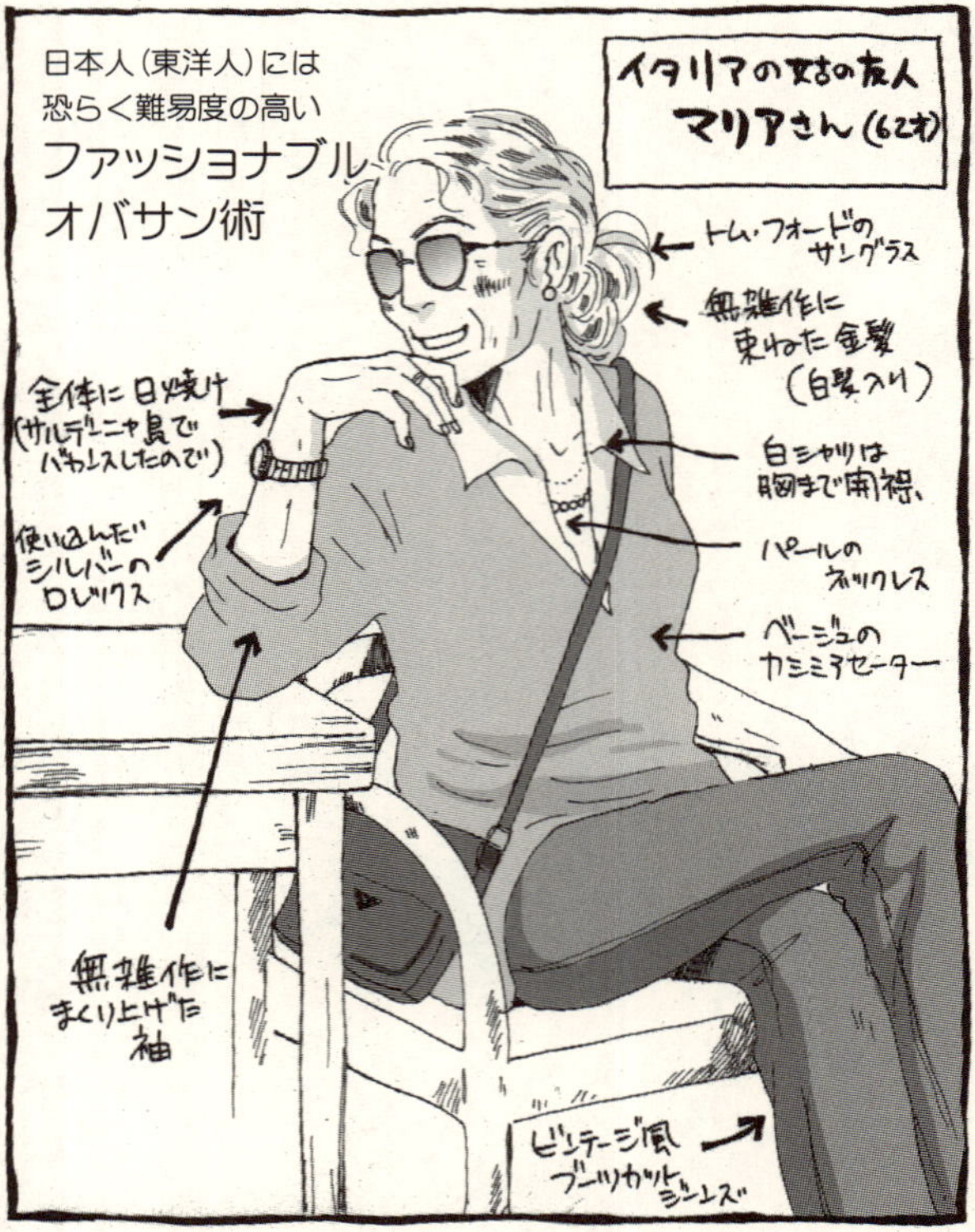
日本人（東洋人）には
恐らく難易度の高い
ファッショナブル
オバサン術
イタリアの姑の友人
マリアさん（62才）
トム・フォードのサングラス
無雑作に束ねた金髪（白髪入り）
全体に日焼け（サルデーニャ島でバカンスしたので）
白シャツは胸まで開襟
パールのネックレス
使い込んだシルバーのロレックス
ベージュのカシミアセーター
無雑作にまくり上げた袖
ビンテージ風ブーツカットジーンズ

BOUEN NIPPON KENBUNROKU

【その十】

伊達男は伊太利亜には どこ探してもおらず。

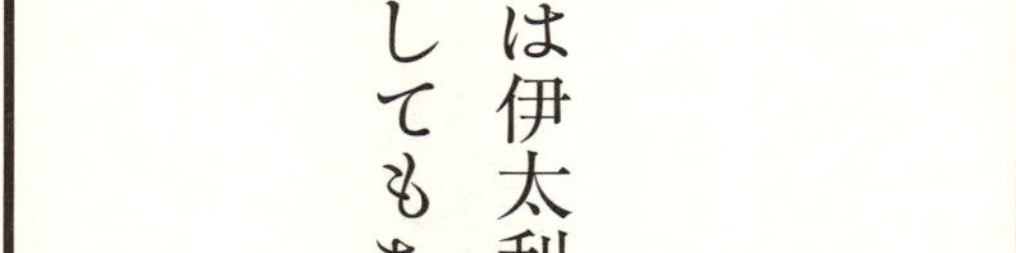

YAMAZAKI MARI

日本で活躍する某イタリア人タレントが表紙を飾っている男性用ファッション雑誌を、日系の書店で不意に手に取った夫が眉間《みけん》に深い皺を寄せた神妙な表情で一枚一枚ページを捲っている。彼が凝視していたのは50代くらいの渋い外国人男性モデルが小粋な格好をして、若い金髪の女性モデルといちゃいちゃしている写真なのだが、そのページの脇に添えられた文には「イタリア男性のモテ術」みたいなことが綴られていた。旦那は日本語が読めないが、それ以外のページにもミラノで撮影された素敵な中年男性のストリートファッション特集などがあって、その雑誌がイタリア人中年男性をお手本にしようとする趣旨のものであるということはバッチリ認識できたらしい。

「イタリアでこんな男達、俺、見かけたことないよ……」とぼそりと呟く旦那。その時一緒にいた、彼と同じくイタリアからシカゴ大学に留学に来ているイタリア人女性のミリアムが「……まあ、こじゃれた場所に行くとたまあーにいるけどね、こんな風に気合入った男。でもこの写真の紹介のされ方を見てると、街中の男達が全員こんな様子みたいな感じがするわよね」とやはり神妙な顔で写真を見つめている。

確かに私もイタリアへ年に数回行く機会があるけれども、少なくとも私の目の届く範囲でこんなファッショナブルなおっさん達を見かけることは滅多にない。北イタリアの旦那の実家近隣にある、中小企業で経済が活性化されたある程度裕福な地方都市などに行くと、それらの街の通りにはその地域の豊かさを反映するかのようなおしゃれなお店が溢れているし、確かに思わず振り返ってしまうようなイイ雰囲気の女性達を見かけることはある。あの雑誌に出て来るような気合の入った男性も夜にちょっとしたクラブなんかに出かけると、そこでは見かけることもある。

でも普段旦那の実家に集まって来る舅《しゅうと》の仲間達のエンジニアや企業家などは皆平均年齢が50代後半から60代くらいだが、あの雑誌に出て来るようなファッショナブルな服装に身を包んだオッサンはハッキリ言って一人もいない。ましてやあの雑誌に出て来る中年男性モデルみたいに美しく若い女性を虜《とりこ》にできるような魅惑のオーラを発している男なんて徹底的に皆無だ。そんなオーラをちょっとでも発生させた日には、嫉妬心を焚《た》き付けられたそれぞれの妻からどんな恐ろしい制裁を下されるかわかったものではない。

イタリア女の恐ろしさはラテン系女子にありがちな大声で暴れたり皿を割ったりするなどの突発的なヒステリーだけでは済まされないところだ。特に元凶が嫉妬というのは最悪なパターンであり、彼女らの憤りは寄生虫となって男どもの胸の内に執拗に凶悪な毒素を分泌し続ける。自分が傷ついたその5倍は男達が落ち込んで、女神は最終的には自分しかいないのだと思わせるところまで持っていかないと納得がいかない、そんな性質がイタリア女にはあるようだ。

そう、あの某イタリア男性崇拝雑誌に出て来る男達の写真からは、彼らを取り巻くであろうそんなイタリア女達の重たい気配がすっきり排除されている。とすると、彼らはみんな独身者なのであろうか？　いろいろあった揚げ句に離婚などをしたフリーダムな男達なのであろうか？　または物凄く理解あるこれまたスタイリッシュで素敵な女性が伴侶だったりするような連中なのだろうか？

私達3人はその雑誌を捲りながらいちいちそこに出て来る男達のバックグラウンドを真剣に憶測せずにはいられなかった。

「服のこととかべちゃくちゃうるさい男はあたしは遠慮するわ」と彼氏と別れたばかりのミリアム、知り合いの写真でも眺めるように見開いた目には力が籠《こも》っている。

「こいつら軽率な感じで、私生活がろくでもなさそうじゃん。浮気とかいっぱいしそうで許せないわ」

「どうして日本の男性はこんな胡散臭い男どもを参考にしたがるのだろう……」と旦那。

「もしかして、日本ではベルルスコーニみたいな男ですら『ステキ！』という扱いを受けてたりするの？」と、いやあ〜な表情で、私に問い質してくるのである。

はっきり言ってベルルスコーニ首相は真似をしようと思ってもできるような男ではない。彼はイタリアでも前代未聞の稀有《けう》な経験と性質の持ち主である。あそこまで政治家としてのモラルや既成概念を大暴れする子供みたいにじゃんじゃんひっくり返し、「そんな自分よ、生まれてありがとう‼」オーラをキラキラ出しまくり、周りの非難や中傷を耳元で飛び回るハエほども気にせずに振る舞うためには、どっか宇宙人の特殊能力でも借りないとダメなんじゃないかとも思う。

私の周りではそんな首相を支持する人は正直、ひとっりもいない。旦那と舅のスカイプ会話を聞いていると全体の半分くらいは首相に対するお互いの募った憤怒や呆《あき》れといった内容で展開される。イタリア人の知人達に会っても首相のことはあえて皆会話にすらしたがらない。「その件には触れないでほしい」といった様子なのである。

そんな人がイタリアには溢れているのに、なぜかベルルスコーニは首相の地位を維持し続けている（この文を書いている2011年1月末の時点では、最後に浮上した未成年女性との関わりで、さすがにちょっとばかりその雲行きが怪しくなってきているが）。

※編集部注　2011年11月に政界引退。翌年に政治活動を再開するも、2013年に議員資格剥奪。

日本でベルルスコーニの話をすると「だけどサ、日本の政治家より面白いじゃないの」とか「いやあ、あそこまでやってくれると逆にカッコイイよねえ」などという反応をいろんな人からされる。「さっすがイタリアって感じ！」なんだそうだ。要するにベルルスコーニの奔放（過ぎる）な生き方はあの日本で活躍する某イタリア人タレントの表紙の雑誌が提唱するような、「イタリア男のイカした年齢の重ね方」にマッチングするのかもしれない。見ているぶんには確かに日本の政治家なんかよりもずっとエキサイティングで、「次は何をやらかしてくれるんだろう」というワクワク感さえ引き起こさせる、不景気でエネルギーが萎縮気味の現代にとってはある意味とてもウケる存在ではあるかもしれない。

悪癖（女性関係）に疲れ果てた妻から「あの男は病人です」と三行半《みくだりはん》を叩きつけられ、毎月3400万円相当の生活費の支払いを強いられているベルルスコーニには、今のところ彼を拘束するおっかない女性の気配は一切ない。若くて無邪気な女性のお尻さえ触っていれば彼は満足なのかもしれない。彼にはそういった殺伐とした清々しさが感じられる。

でも私が思うに、イタリア男から「女性のパワー」というローマ時代から受け継がれる伝統的背景を排除したら、その魅力も逆に半減されてしまうのではないだろうか。これはこれでイタリア男への偏見になってしまうかもしれないが、実際私の周りにいるイタリア男達からは「おっかない女性」との関わりを通過してきて、なおも心底ではそれに恐れ続ける気弱な雰囲気が醸し出されているのも事実なのだ。

例えば、往年のイタリア映画界のスター、マルチェッロ・マストロヤンニという俳優はそういった意味で外国人の抱くイタリア男のイメージなど意識せず、ごく自然に本質的なイタリア男の魅力を露出させていた俳優だと思う。彼が年を取ってから醸していたあの独特な渋みや色気は、いろいろと大変な目に遭っても、それでもどこかに「女性のおっかなさ」を求めてやまない、切ない欲求と諦めが調合されないと出てこないもののような気がする。

要するに、あの日本の雑誌で紹介されているイタリア男のイメージというのは、日本人用の味付けになっているのだろう。経済力に物言わせれば、ベルルスコーニ同様、若い女の子はイタリアでだっていくらでも寄ってくる。でも本当にイタリアで受け入れられるイタリア男になりたいのであれば、とにかく一度と言わずパワフルな女性達とお付き合いを重ねて、がっくりと疲弊してみないとダメだと思う。イタリア男の本当の素敵さというのは、楽をして真似できるものではないと私は思う。

イタリア男の本質を
じっくり観察できる映画といえば
ヴィットリオ・デ・シーカ監督の
「昨日・今日・明日」

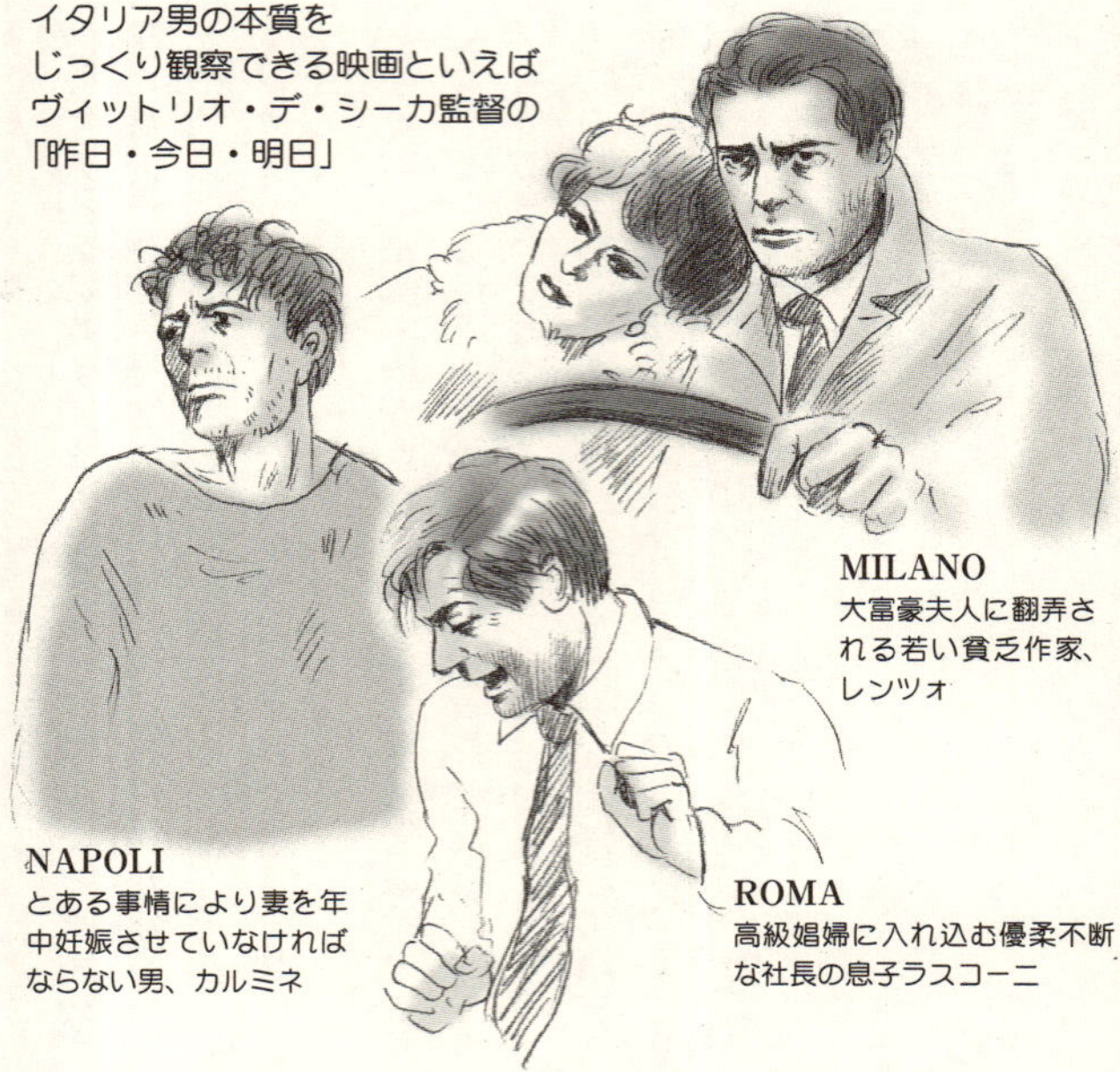

MILANO
大富豪夫人に翻弄される若い貧乏作家、レンツォ

NAPOLI
とある事情により妻を年中妊娠させていなければならない男、カルミネ

ROMA
高級娼婦に入れ込む優柔不断な社長の息子ラスコーニ

3話ともマルチェッロ・マストロヤンニとソフィア・ローレンのコンビで演じられています。ソフィアの半端じゃない美しさも必見!!

BOUEN NIPPON KENBUNROKU

【その十二】

四季のある国は、毎年命がけの越冬をする。

YAMAZAKI MARI

普通に四季のある国々においては、一般的に「冬」という季節の人気は低い。日本のように湿気を帯びた強烈な夏のある国では「暑いのがキライ」という理由で冬が好きと答える人もいると思うのだが、世界のもっと緯度の高い、降雪量もすこぶる多く、冬の間極端に日照時間が短くなるような地域に行けばその人気度はより一層下がることだろう。私も冬は大嫌いだ。

今現在、私達家族は引っ越し前に周りから散々脅された「シカゴの冬」なるものを過ごしている最中だが、早朝に湖面から湯気を立ち上らせるがっちがちに凍ったミシガン湖や、雪が360度から飛び交う猛烈な吹雪の様子をマンションの50階からただ眺めている分には取りあえずやり過ごすことができる。漫画家という家に引きこもりでいてもできる仕事をさせてもらっているお陰で、冬の厳しさと直接向き合わされることは今のところないが、これが毎朝マイナス10度の気温の中を通勤だとか通学をしなければならぬというような事情になると、恐らく私はすでにここから逃げ出しているだろう。

春や秋は温厚でフレキシビリティーのある寛容な性格を持った季節と言えるが、夏や冬にはそんな相手を思いやるような融通は利かない。こんな頑固で厳しい季節と仲良くやっていくのはなかなか至難の業である。

それと、冬のような厳しい季節とは付き合い方を上手く選ばないと、失敗したらそれが一生トラウマになる場合もあるということだ。真冬の寒さの中でもクリスマスには皆顔を綻《ほころ》ばせられるのは、それが「普段嫌な奴の実は優しい側面」だったりするからだと思うのだが、こういった接し方を一つ間違えると、私のようにクリスマスでさえ楽しいと思えない性格を後々に育んでいってしまうことになる。

例えばアニメの「フランダースの犬」では最終回で幼い主人公が冬の寒さの中、人々からも見放された中で愛犬と一緒に非業の死を遂げるのだが、「これが暖かい南国だったらネロもパトラッシュも生き延びられたはずなのに……」と私と一緒にその場面を見ていた祖父のがっかりしたような一言は身に染みた。「マッチ売りの少女」もそうだが、こういった過酷な児童文学にも子供を冬嫌いにさせる要素が実は満載なのだ。

私は幼少期を北海道で過ごしているが、当時通っていた学校には冬の間スケートの授業というものがあった。長く続く冬と上手く適応した時間を過ごしていくためには、確かに何かウィンタースポーツを習得しておくのはとても大事なことだとも思う。しかし、その学校が子供らに教えていたのは優雅なフィギュアスケートではない。氷の上を腰を屈《かが》めたスタイルで猛スピードで疾走しなければならぬ、スピードスケートの方である。私の冬嫌いに関してはこれのせいで決定的なものとなった。

ちょっとした吹雪であっても強い精神力を養うために生徒は皆外のスケートリンクに

出され、そこで2時間近くいかに人よりも速く氷を滑るかという授業を受けさせられるわけだが、スケート靴なんてのは薄い革（もとい合皮）一枚でできていて、どんなに厚い靴下を履いた上に着けても、足先から凍《い》てつくような冷たさが骨まで染み込んでくる。しかもそんな状態の足に全体重を掛け、幅が一センチもないような金属の歯2本でつるつる滑る氷の上に立たねばならない。こんなことが自分の人生のどこかでいずれ本当に役にたつ時が来るのであろうか？　一体どこのどいつがこんな無茶苦茶なことを思いついたんだと私は最初の授業からスケートに対して苦々しい憤りを噛みしめていた。

周りを見ると、凍てついた空気に顔面の感覚がマヒした子供らの鼻の下には2本の垂れ下がった鼻水の筋が鈍く光っている。それでもみんなゆらゆらと直立しながら言われた通りのことをするのに懸命だから鼻水のことなんかに意識を留めている場合ではない。しかも教師からは「転んだらすぐに立ち上がらないと、後ろから来た人のスケートの刃に手の指を切られる場合もある」なんて言われるから、みんなの表情には緊張感も漲《みなぎ》っている。

同じスケートでもフィギュアスケートならまだ冬に対して優雅な気持ちを抱けるゆとりが持てるかもしれないが、スピードスケートはそういうわけにはいかないのである。ふた筋の鼻水を光らせながら眉間に皺を寄せ、歯を食いしばりつつ仲間より一秒でも早

冬の犠牲者
ネロ、パトラッシュ！あなたがたの分もあたしきっと生き延びてみせるからっ！
ハァ
ハァ
ハァッ
ハァ
ギャー
ニヤッ
幼き頃の冬の思い出

く自分が先に進む。吹雪の中だとそれはまるで生き残り合戦のような気迫さえ漂わせる。まるで目的のない雪中行軍の演習である。

吹雪の中でのスピードスケート、これは砂漠の中でフルマラソンをさせられるのと果てしなく近いものがあるように思えてならない。辛い気候の中で辛い運動。こんな経験をさせられて、どうして冬を好きになれるであろうか。そう考えるとスピードスケートの選手達はみんなこの性格の悪い冬と仲良くやっていけた稀有で素晴しい人達だ。でも私には全く無理だった。

その後も「冬」は私の人生に常に辛くあたり続けた。

11年暮らしたイタリアのフィレンツェでは貧乏が故にガスも電気も止められ、冬の間は屋内ホームレスのような体験を強いられた。日本へ一時帰国して憧れの運転免許を取ったはいいが、取得後25日目の雪道でスリップして車を大破させ、私は全治数か月の大怪我を負って入院した。子供が生まれた後は日本に戻って北海道のテレビ局で旅のレポーターを務めたが、早朝3時に積雪一メートルはありそうな人里離れた農村地帯で牛の乳を搾らされたり、犬ぞりに乗らされたりした。スキーを楽しそうにするというレポートでは頭から転んで意識を半分失った。

とにかく冬は私に、本当は持っているかもしれない優しさの側面を、一時も垣間見せてくれたことはないのである。

そんなくせに、実は私は自分の子供が生まれた時にロシア人の探検家が記した本の登場人物、「デルス」というシベリアの北方民族の名前を付けた。75年には黒澤明も映画化したこの「デルス・ウザーラ」という人物は、シベリアの猛烈な寒さと驚くほど調和して生きる温厚で心優しい老人で、「冬」の厳しい性質を大きく包み込める懐の広さと強さを持った、私にとっては憧れと尊敬の人なのである。ターザンや「ジャングルブック」のモーグリになれる自信はあっても、デルスは私にとっては絶対に自分のキャパでは届かぬ偉大なる人間像なのだ。その私の思いや名前の効果があってなのか息子は冬が大好きな人に育ち（数年前まで彼は伝記のデルスは自分のご先祖様だと真剣に思っていたらしい）、今もシカゴの猛烈な寒さと雪の中をびくともせずに毎日学校に通っている。

【その十二】

いっそブラジル人になれればいいのに。

YAMAZAKI MARI

性別は男性。年の頃は壮齢期、体を動かすのが大好きだから筋肉もいい按配に付いていて逞《たくま》しい。褐色に焼けた肌に人懐こい顔。笑うと口の中から眩《まぶ》しい光を放つ白くずらりと並んだ歯は健康さの象徴だし、その豊かな表情からは彼の中に潜在する男性的マッチョさや、センチメンタルさ、やる時には全力を発揮させる全うな生真面目さなどが垣間見える。時には女性の母性をくすぐる甘さも露出。でも何よりもとにかく疲れ知らずで元気いっぱい、いろいろ欠点もあるけれど、自分の中に秘めている様々な可能性をどんどん放出したくて仕方がない、カロリー燃焼の猛烈に高い人。

これが私にとっての人格化したブラジルという国である。

日本からは地球をぐるりと半周しなければ辿り着けないこの地に私は子供の頃からとても惹かれていた。小学校の音楽発表会で演奏をした曲がきっかけで好きになったキューバ音楽から連鎖的に中南米の音楽全般を聴くようになっていったのだが、初めてサンバを聴いた時には自分の中で眠っていた一種の細胞がワッと一斉に目を覚まし、それぞれがピンポン球のように忙しく跳ね出して収拾のつかなくなるような感覚に陥った。切なく明るいメロディーラインに高鳴る鼓動のようなパーカッションのリズム。寂しかったり遣る瀬ないのに嬉しくてわくわくしたくなる不思議な音楽。だがそんな私の中で湧き起こったただならぬ興奮を分かち合えるようなお友達は周囲を見回してもどこにもいない。疎外感を感じないために表面的にはピンク・レディーの物マネなどをしつつも心の中では常にサンバのリズムが鳴り響き続けていたのである。

そんな私が本格的にブラジルの虜になり始めたのは、イタリアへ留学してからであった。我々日本人はイタリア人に対して常に陽気で楽しく楽観的な元気の供給者、みたいなイメージを昔から抱きがちだと思うのだが、実際は彼らだっていろいろある。自分の国が周りからそう見られているという自覚もあるだけに、現実とのギャップには彼らもかなり悩ませられ続けていると思うのだが、そんなイタリア人がいよいよ本格的に意気消沈し、どこかでエネルギー補給しなきゃもうやっていけないなと思い立った時に、元気を与えてくれる理想の国としてイメージするのがカリブ海の島々やブラジルといった、ラテンとアフロ文化の混在した南米の国々だ。自分達よりもエネルギッシュで、陽気で、お金を掛けなくてもとことん楽しめる。しかも女性がセクシーで魅力的。これはイタリア男性を惹きつける大きな要因の一つでもある。

私はイタリアに暮らしている間、自分の周りで沢山の人達がブラジルに嵌っていく様子を目《ま》の当たりにし、そんな友人達に連れられて市内にあるブラジリアン・ディスコにも足繁く通うようになっていった。確かにそこにはイタリアの日常生活からは摂取できないエネルギーとパワーが漲っており、日々の暮らしに疲れたイタリア人達もそこでは人が変わったようにはしゃいでいる。本国の外に設けられたそんな小さなブラジルでさえ人々がこんな状態になるのだから、実際のブラジルとは一体どれだけ凄い国であるのだろうという興味は日に日に増していった。

子供が生まれた時、私の家へ掃除の手伝いに来てくれていたブラジル人の若い女性はお給料を手渡されると「ちょっと待ってて！」と慌てて外へ出て行き、もらったばかりのお金でケーキや子供用のおもちゃを買って戻って来る。そしておもちゃを子供のベッドの傍らに置くと「一緒に食べましょうよ！」と楽しげにそのケーキを切り分け、それを陽の光の差し込む暖かい部屋で二人でお喋りしながら食べるのだが、何軒もの家を掃除してきた労働の後だというのに疲れた顔すら見せることもなく、謙虚で、人生のどんな小さな場面からも喜びや楽しさを見つけ出す、そんな彼女越しに私はブラジルへの思いをさらにまた募らせた。

だが、それから数年後にようやく辿り着くことのできたブラジルで、私はイタリアで感じていたそんなブラジルのパワーが氷山の一角であったことを身をもって実感させられたのである。

疲れを知らないブラジル人は日本人のような基本虚弱体質な人種の体力を慮《おもんぱか》ることはできない。ブラジルに渡った最初の一回目、私は日本の幼馴染と一緒だったのだが、空港に出迎えに来てくれたその幼馴染の友人であるマルシアという30代の女性は、つやつやした褐色の肌に美しい歯並びの白い歯をぴかぴか反射させながら、「長旅ご苦労さま！　じゃあこれからリフレッシュするためにウォーキングに行きましょう！　紹介したい友達もみんな公園で待ってるのよ！」と何も臆せずに言うのだった。

ウォーキング。日本からカナダ経由でトランジットの時間も合わせると全部で30時間の旅を経てやっと目的地に辿り着いたところで、ウォーキング。でも私も友人もマルシアの屈託のない笑顔とその好意に対してNOとは言えず、彼女の提案に従った。ろくに睡眠も取れていない青白い顔に長時間のフライトでハリもコシも失った髪をボサボサに振り乱しながら、サンパウロの市内にある巨大な公園を端から端までたっぷり歩かされた私達は、その後彼女の住む高層マンションのペントハウス（彼女の家はレコード会社を経営）で親切さの蕩《とろ》けそうな表情をした両親に迎られて、物凄くゴージャスなブラジル料理のお昼を共にした。長い時間、私達はその沢山の食事を頂きながら楽しいお喋りに全力を振り絞って興じていたのだが、突然マルシアが「あ！　大変!!　今度はピザ屋でみんなと待ち合わせしてるんだった！　さあ、行きましょう！」と、その発言に固まる私達を楽しげに煽る。私達はやはりNOと言えず、取りあえず顔を洗って彼女の車に乗り込んだ。それからそのピザ屋で10名近い男女に出会い、何だか盛り上がって場所を変えようということになり、どこかのライブハウスへ連れて行かれ、そこで踊らされ、その後は10時からサルバドールというブラジルの北東部に位置する街から来た有名なバンドのコンサートがあるから行こうということになり、行ってみると広い体育館のような会場で聴衆はオールスタンディング。周りは激しく踊っているのでじっと突っ立っているわけにもいかないから我々も皆と同じように両腕を上げてヤケになって体を動かす。すると目の前に見知らぬ異性が近づいてきていきなり抱擁したりキスをしてきたりする。驚愕する私達に「サルバドールのカーニバルでは抱擁もキスもお約束だから気にしない！」とウィンクをするマルシア。

日本を出発してから何十時間経ったかわからない。やっとコンサートが終わって朝の3時に遂にベッドへ横たわることができた私達は意識を失う勢いで寝込んでいたが、マルシアはその4時間後、朝の7時に会社へ出勤して行った。ブラジルのカーニバルと言えば3日3晩誰もが寝ずに踊り続けるというイメージを世界中の人々が抱いているが、それもあながち誇張された表現ではないのかもしれないと私はドアの外から聞こえて来る元気で軽快なマルシアの笑い声を耳にしながら感じていた。

現代の日本のようにエネルギーの浪費を避けられるよう何でも合理的にできている国の人間が、ブラジルでブラジル人達と同様の行動を取るのは本当に大変だ。しかし日本でも常に「じっとしていても鼻息が荒い人」と言われて皆に一線を引かれがちだった私にとっては、初日の体力と精神力のギャップの壁を乗り越えた後は心地よく馴染めた国であった。やはり幼少期にサンバに嵌ってから自分の中の波長をあの激しいリズムに合わせてきていたのかもしれない。その後私はチャンスさえあればブラジルに戻るようになっていた。

去年の暮れには旦那と息子を初めて連れて行ったのだが、真冬のシカゴと比べて40度の気温差に息子は速攻で風邪をひいてダウン、夫もジャングル散策時に脱水症状になって顔が蒼白になって動けなくなった。散々な目に遭ってへとへとになりつつも最終的には彼らもすっかり虜になり、できれば毎年訪れたいと意気込んでいる。

これからも一層パワーを増して力強い姿へと変貌していく頼もしいブラジルには世界の経済先進国が放っているような膨張した自負心や保守性は感じられない。体力も知識欲も溢れるほどあるこの国の魅力と存在感に、これから数年後に控えているサッカーのワールドカップやオリンピックなんかも通じて、世界中のもっと沢山の人々がはっきりと気付いていくことになるだろう。

「人間って凄いなあ、素晴しいなあ」としみじみ感じたいのなら、
是非、人生と生命を謳歌するブラジル・リオのカーニバルへどうぞ!!

サンバのカーニバルはやはり本場でご覧いただくと、そのスケールのでかさに度肝を抜かれます。

↑日本からのツアーで参加していた爺さん、添乗員さんを手こずらせておりました……

BOUEN NIPPON KENBUNROKU

【その十三】

味覚は「気」から。自称グルマン民族を卒業せよ。

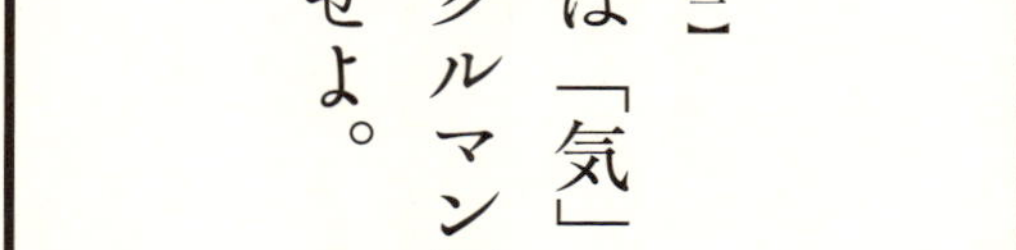

YAMAZAKI MARI

だいぶ前のことだが、イギリスだったかどこかのテレビの旅番組で、レポーターがアフリカの未開地に行って、そこの部族と仲良くなるという内容の番組を見たことがあった。その小さな集落に入ったレポーターは歓迎の儀式として、その村独特のお酒をそこに集まる男どもと一緒に回し飲みをしなければならないのだが、記憶が確かならばそのお酒は飲んだ直後、盃の中に「ペッ」と唾を吐かなくてはならない。唾液には発酵の作用もあるからということらしいのだが、とにかくその沢山の人達の唾の混ざったお酒を飲まないと部族に自分の気持ちを開放した証《あかし》にはならないのだ。だがレポーターは快くその盃を呷り、直後に吐き戻したり倒れたりすることもなかった。私はその映像に心打たれた。

その他にもパプアニューギニアの密林の中に暮らす部族と一緒に収穫して来た大きな白い芋虫を状況的に食べなければならなかった人のレポートも見たことがあるが、表情筋を引き攣らせながらも頑張って芋虫を食べたそのレポーターは部族から温かく迎え入れられてとても幸せそうだった。

新しく訪れたその土地で出される食べ物を受け入れることがどれだけ大事なのかということを大変強い説得力で伝えてくれるそんなテレビ番組に影響されて、私も自分がいずれ外国へ行くことがあったら芋虫でも何でも食べられる人になりたいと心から感じたものである。

我々日本人も、例えば海外からのお客さんに対して最高のもてなし料理を振る舞った時、自分達にとっては御馳走であるはずの刺身の盛り合わせを「生魚はちょっと……」などと言われて拒絶されるとちょっとショックだ。そりゃあ食べたことないんだし仕方がないよなあ、と思う反面でその人が壁を乗り越えて自分達サイドにやって来ようとしなかったのが残念だという気持ちになる。うちの旦那も刺身は好きだが、難易度の高いとされる納豆は全く無理だし、それを傍らで美味しそうに食べている私の顔を「うわあ〜」という表情で見つめていたりする。そんな時私は何となく自分と旦那の間にお互いの理解を許さぬ壁の存在を感じる。だから、外国人でももりもりと納豆を食べたり、ナマコもホヤも行けますよ！　カニ味噌ウマいですね！　なんて人がいるとつい心底嬉しくなってしまう。

味覚を分かち合うということは、片言の言葉で何かを表現するよりも相手に自分の心の開放を率直に伝える効果があり、信頼度も高くなる。

かつて17歳で初めてイタリアの地を踏んだ時、ローマに迎えに来てくれていた爺さん(旦那の祖父)に「腹空《す》いているだろう!?」と有無を言わさぬ状態でレストランに連れていかれて、ミネストローネだのパスタだのリゾットだのを食べさせられた。長旅と見知らぬ土地へやって来た緊張とでお腹《なか》が空いているどころか胸やけすら感じていた私だったが、これから長い間世話になるこの国と、爺さんに対する好意を示すために、何が何でもこれらを食べなければならないという使命感でいっぱいになり、必死になって全ての皿を平らげた。爺さんは大変満足そうだった。その土地で振る舞われる食べ物をしっかり頂けるかどうかは、そこに快く受け入れてもらえるかどうかの通過儀礼なんだとその時私は身をもって実感したのだった。

しかしこの通過儀礼、単純で簡単そうに見えるが実はなかなか難しい。特に昨今の日本のように、世界でも多くミシュランの星を付けられたグルメの国なんてことになると、日本人の味覚も「舌の感覚を追求した美味しいもの限定」みたいになり、何でも受け入れるのはなかなか厳しいことになってしまう。

数年前、イタリアのシチリア島に日本人のグループをお連れする機会があった。その参加者の中に食べ物の話ばかりしている「グルメチーム」と称するメンバーがいたのだが、彼らから「ヤマザキさん、せっかくシチリア島に来ているのに、連れて行かれるレストランでの食事があまり美味しくないんだけど」と訴えられた。

元々旅慣れた人達ばかり参加するツアーということもあり、コーディネーターには地元の人しか来ないような本当に美味しいと言われる店を選んでくれるよう頼んでおいたのだが、グルメチームにはそれでも満足がいかなかったらしい。その旨をコーディネーターに告げると、彼はがっくりと肩を落とし、「ここは僕が家族と良いことがあった時に食べに来るとっておきのレストランなんですけどね……」と呟いた。

しかし、そうかと思うと私が「昭和一ケタ生まれチーム」と呼んでいた高齢者の集まりは、グルメチームのすぐ隣のテーブルでワインを呷りながら頰を紅潮させつつ「うまい！　最高だ！　いつあの世に召されても文句ナシ！」と満面の笑みで盛り上がっている。「地中海の見えるテラスで、こんな美味しい料理とワインを食べれるなんて、本当に夢みたいよねえ〜」と騒ぐその「昭和一ケタ」を見て、いくらか安心した様子のコーディネーター。参加者に自分の生きる土地であるシチリアが気に入ってもらえるかどうかをとても気にしていた彼にとって、それは一番見たかった光景だったはずである。「グルメチーム」が最終的にどれだけシチリアを満喫できたかどうかはわからないが、「昭和一ケタ」は取りあえずその旅で彼らの人生をたっぷりと謳歌している様子だった。全く同じ内容の旅なのに、食に対する構え一つで、人によっては随分その質も変わってくるということだ。

今では本場ナポリで開催される「ピッツァイオーロ（ピザ職人）コンクール」でも日本人がグランプリに選ばれたりもするそうだが、こうなってくると日本人の食にかける勤勉さと味覚に対する思いには行けるところまで行ってやるというただならぬ勢いを感じる。でも勢いが付き過ぎると舌だけで美味しさを判断してしまいがちになり、視野が物凄く狭くなってしまって、うっかりパプアニューギニアに一人漂着した場合も、皆と仲良くしてもらえなくなったりする確率が高くなる。

味覚の偏差値をいったん高くしてしまうと、それを下げるのは容易ではない。でもほんとに単純なことで実は何の変哲もない蒸《ふ》かしたジャガイモ一個でも劇的にウマい！と思える術《すべ》を私は知っている。

それは、食べ物事情が裕福でなかった時代に書かれた書物を読むことだ。映像でもいい。私は林芙美子の「放浪記」を読むと無性に茹《ゆ》で卵が食べたくてたまらなくなるし、その他にも第二次大戦後の混乱期の日本文学作品には読んでいるうちにお腹を空かせられるものが沢山ある。漫画「はだしのゲン」なんて読んだ日には米粒一つですら感涙するくらい美味しく感じられる。

味覚のプライドというのは、実は意外に素直で従順なものなのだ。

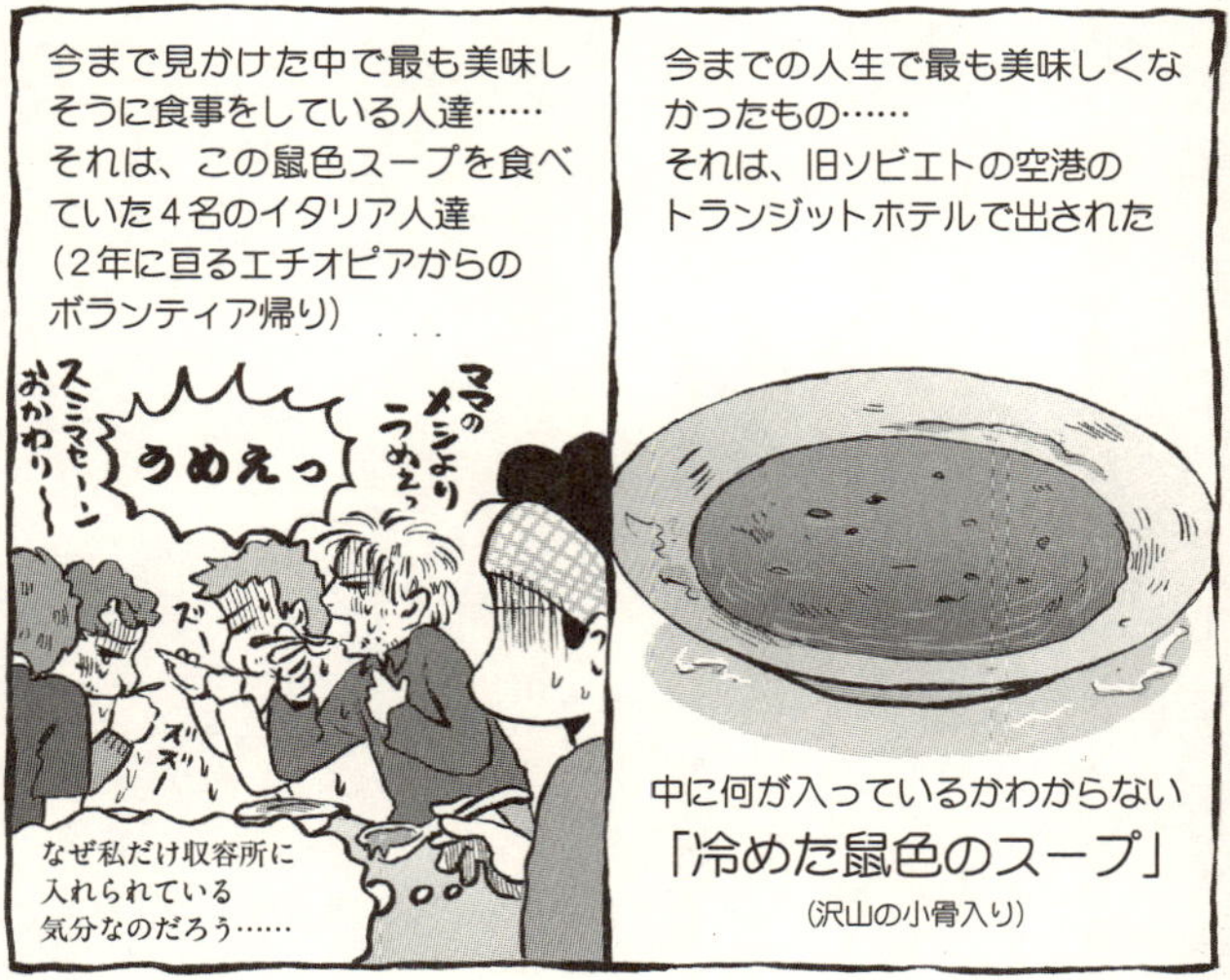
今までの人生で最も美味しくなかったもの……
それは、旧ソビエトの空港のトランジットホテルで出された
中に何が入っているかわからない
「冷めた鼠色のスープ」
(沢山の小骨入り)
今まで見かけた中で最も美味しそうに食事をしている人達……
それは、この鼠色スープを食べていた4名のイタリア人達
(2年に亘るエチオピアからのボランティア帰り)
ママのメシよりうめえっ
うめえっ
スミマセーン おかわり〜
ズー
ズルズル
なぜ私だけ収容所に入れられている気分なのだろう……

【その十四】

キレることが苦手な一億総「おしん」。

かつて「おしん」というNHKの朝の連続ドラマがあった。これは世界で最もヒットしたテレビドラマだそうで、放送期間中の平均視聴率は50パーセントを超えていたらしい。明治・大正・昭和を通じて様々な苦労を乗り越えながら懸命に生き抜いた、我慢強いこの日本女性の姿は海外の人をも虜にし、国によっては生まれてくる子供が男であろうと女であろうと「OSHIN」と名付ける人達もいたそうだ。

興味深いのはこの「おしん」を強く支持した多くの国がアジアやイスラム圏の人々だったということだが、エジプトのカイロでは「おしん」の放送時間に停電が起きたことで視聴者がテレビ局や電力会社に押し掛けて暴動にもなったという。とんでもない支持のされ方だが、それくらいこの忍耐強くて健気《けなげ》な日本女性の姿は中東やアジア諸国の人々の心を鷲摑みにしたのだった。

ところがアジアや中東諸国とは裏腹に、イタリアやアメリカなどの西欧諸国では「おしん」は高い評価は受けられなかった。恐らくこういった西欧の国の人々には、なぜに「おしん」が様々な苦労に直面してもそれらを回避せずにじっと耐えて前へ突き進もうとするのかが理解できなかったのかもしれない。幼いながらにぐっと辛さに耐える健気な少女を見つめながら「あたしだったらこの辺でもう発狂してるに違いないわ」とか「虐待じゃないの！」という思いで頭をいっぱいにしていたことだろう。

アジアやイスラム圏の女性は基本、日常生活で感情を露わにし過ぎることを抑えて、社会の様々な伝統や風習、または時として不条理だとも思える法等に対しても「耐える」ということを生きる上での必然と捉えて生きている。ましてや「おしん」を生んだ日本人は茶道や禅宗、武士道などの習わしにより人間たるや容易に感情的になるものではないという意識を潜在意識下に持っている人種だ。大袈裟に振る舞うこと自体が人として恥ずかしい行為であり、できることならどんな苦境においても耐え忍ぶことこそが美徳、という解釈が未だに生きている。実際、オーソドックスな日本人的イメージをすでに持たない昨今の若者ですら、多少痛い目にあってもなるべく受けたダメージを周りに隠そうとしてしまう人が多いと思うし、ちょっと納得がいかない事態が生じても「まあ、いいや、仕方ない」という諦めで気持ちをコントロールする。

これが「おしん」を見ても感情移入できなかった西欧の人々だとどういうことになるかというと、例えば映画「ゴッドファーザー」の中で、マイケル・コルレオーネの妹であるコニーが夫に対してヒステリーを起こすシーンがあるのだが、あの壮絶な有り様を思い浮かべて頂けるとわかりやすいのではないだろうか。彼女もマフィアという複雑な家庭に属する立場上、何かと耐え忍ばなければならない環境に置かれている女性だが、キレる時は完全に、完璧にキレる。夫がどんなに暴力夫だろうと何だろうと、じっとそれに耐え続けなければならないという意識は彼女の内には存在しない。

あのヒステリックシーンは決して映画のストーリーを面白くさせるために特別演出された女性の行動パターンではなく、西欧世界の中では極めて頻繁にあるものなのだ。私も実際17歳で初めてイタリアで暮らした家で、あのような猛烈な喧嘩シーンを目の当たりにしたことがある。最初は男性に罵声を叩きつけられつつも大声で反論していた女性が、言葉の力では物足りなさを感じたのか、まずテーブルの上にのっていたピザを天井に向かって投げつけたのだ。ピザは一瞬天井に貼りついたが、すぐに下に落ちた。トマトソースが付着した天井に腹を立てた男性の大声に対して、女性は今度は椅子を振りまわし始めた。喧嘩の発端は女性の作ったピザのトウガラシが効き過ぎているというものだった。そこまでエネルギーを費やして揉めるような内容のことなのかとも思ったのだが、そのままいけば流血の惨事にもなりかねない様子に進展してしまったその争いを見届ける勇気をなくした私は部屋に引きこもった。そしてこれからこんな激しい人種のいる世界で生きて行こうとしている自分の未来に何気に不安を覚えたのだった。

私の夫も含めて、イタリア人というのは何かと大袈裟な人種だ。画鋲を踏んだだけで救急車を呼ぶ人もいるし、日常生活で何か腑に落ちないことがあればすぐに裁判だ。愛情表現の面においても日本人のように言葉で伝えなくてもそれぞれの気持ちを察知し合うなんてことは考えられない。恋人同士に限らず、家族は何かのたびに抱擁してそれぞれの体の存在を認識し合う。見知らぬ人とでも握手を交わすことでスキンシップは必ず取る。私の姑は私が2年ぶりに再会した母とただ手を振っただけで挨拶を済ませたのを見て「信じられない！」と叫んだことがあった。「あんた達、どうかしてるわよ!! ゼンも程々にするべきよ！」と。

そんな彼らに、じっと苦労に耐える「おしん」を心から理解するのは確かに無理かもしれない。基本、とんでもない事態に遭遇しておきながらも、黙ってそれを受け入れるということが体に毒だと思っている人達なのだ。

ところが今回、日本で起きた惨事に対する彼らの反応はどうだったであろうか。実は私は3月11日の震災の起こった翌日、仕事でイタリアへ向かった。この大きな悲劇は世界中のメディアで大ニュースとなって報道されており、空港からホテルへ向かうタクシーの運転手のオヤジも私が日本人だと知ると「このたびのことについては……私も本当に胸が苦しいです……」と辛い表情をバックミラー越しに浮かべて見せた。「昨日は妻とニュースを見ながら泣いたんです。辛い目にあっている人達のことを思い浮かべると本当に苦しくて悲しくて」という言葉には私も思わず涙が溢れたが、次に彼が私に問いかけてきたのは、この惨事の最中にあっても保たれている日本人の冷静さと行儀の良さについてであった。

「もしあのようなことがイタリアで起こったら、皆きっとめちゃくちゃになりますよ。暴動も起きるし、略奪も起きる。ここぞとばかりにやりたい放題だ。なのに日本人は皆おとなしく静かに起こってしまったこの悲惨な現状をただ受け入れている。それが信じられません。なぜあんなに落ち着いていられるのですか⁉」

この災害時における日本人の冷静さと落ち着きは、実は他の国でも話題になったことだった。なぜと問われれば、いろんな答え方があるとは思う。自然災害の多い国に暮らすお陰で育まれた心構えも関与しているだろうし、やはり「おしん」的な耐える精神性が強く作用しているのかもしれない。諦めの精神性も根付いているからかもしれない。その他にもいろんな要素が加わった日本人の冷静さと忍耐力はとにかく世界中を驚かせた。

運転手のオヤジはホテルの前で車を止めると私の顔をじっと涙を溜めた目で見つめて言った。

「あなた達は本当に素晴しい。私達イタリア人には、とてもあなた達のマネはできない。でも、苦しい時には暴れたり泣いたりしてもいいとワシは思うんだよ。あんたも我慢しないで泣きたい時には泣いていいんだよ」

見ず知らずのタクシーの運転手のオヤジにそう言われた時は、感極まらぬわけにはいかなかった。そしてそんな私の様子を見ながら何度も頷《うなず》くオヤジ。

どんな時でも耐えて落ち着いて冷静でいられるのは何にも代え難い日本人の美徳だと思う。でも、たまにこういう大袈裟で辛抱のできない人達と接して、凝り固まった心をふわっと浄化させることも大切なのかもしれない。

大袈裟な国の人種と違って、普段素っ気ない日本人の家族が感極まって衝動的に抱き合っているところは、とてつもなく感動的なものだと今回の震災の映像を見ていて痛感しました……

【その十五】
情ではなく商品力で勝負する、意外と強気な商人たち。

もう5年も前から、我が家には一か月に一度、日本にいる親切な友人からテレビ番組を録画したDVDが送られてくる。その際にその友人にお願いしているのはCMもなるべくたっぷり入れて送ってほしいということだ。

そういえば20年前にイタリアにいた頃も、やっぱり物凄く親切な友人がいて私のところに面白いテレビ番組やCMをVHSに録画しては送ってくれていた。今みたいにPCなんてない時代だったから、それらのVHSは私にとって祖国日本と自分を繋いでくれる貴重な物だった。

知らないタレントでも、その人の様子から今の日本の髪型や服装、そして風貌などの流行りを把握できるし、電化製品のCMではそこで紹介されている商品や備え付けられている機能が一般に浸透していることを想定し、日本に帰った際にいちいち驚いて浦島太郎扱いを受けなくても済まされる。食べ物や飲み物なんかに関してはあまりにもダイレクトな挑発を受けるので、必ずメモに商品名を記して日本に帰った時には調達するようにする。私の日本のCMを見つめる集中力たるや、仕事をしている時の数倍はありそうな気がする。それにしても、本当に日本の広告代理店の力量は半端ではない。世界の経済先進国の中でも日本はまさしくCM大国ではないだろうかと思う。

数あるバラエティーにとんだそれら日本のCMの中でも、私の外国人の友人にとりわけ好評なのがビールの宣伝だ。

猛烈に喉の渇いていそうな男の人がごっくごっくとビールを飲んで全身全霊でその爽快感を表す類のCMは見た人のほとんどを虜にしていた。欧米ではビールとシンプルに向き合っているものというよりも、ビールを軸にしたエピソードに重心が置かれているタイプのCMが多い。日本のもののようにストイックに喉の渇きをビールで潤す、という単純構造のものはなぜかあまり見受けないのである。確かにいろいろな工夫が凝らされており、ちょっとしたおバカなショートムービーみたいな類のものもあって、それはそれで見ていても笑えるし楽しいのだが、だからといってそれでCMを見終わった後に「よっしゃ、ビールでも飲むかな！」という気持ちが喚起されるわけでは決してない。

その点、汗ばんだ働き盛りの男が汗を浮かべた顔でゴクリゴクリとビールを飲み、一瞬の間をおいて「ウマいっ!!」とか「プハーッ！」と爽快感を表してくれるものは効果覿面《てきめん》だ。あんな風にビールという飲み物に人間としての全てを支配され切ったような表情を見せられると、すぐにでも自分もビールで喉を潤したくて仕方がなくなる。

その他にも筋肉痛の薬だとか、目薬だとか、お茶漬けだとか……とにかく「品物、そしてその効果」というストイックでシンプルだけどパンチの効いたわかりやすさが、日本の沢山のCMに見られる特徴ではないだろうか。

一方で、海外では食べ物でも薬でも飲み物でもちょっとしたストーリー仕立てになっているものが多いのは、その内容の面白さによって商品名を視聴者に記憶させようというストラテジーが基本的な概念としてあるからかもしれない。

イタリアもCMには相当の気合を入れる国である。想像力が旺盛な国民の集まる国だから、CMにもそれなりの気合が込められるようだが、やはりストレートな表現のものはそんなに多くはない。

数年前に夫の実家で見た、大人向けのビターチョコレート系アイスクリームの宣伝は、月夜のエクアドルの村でほとんど裸の美女だけの儀式が執り行われており、それらのセクシーな女性達が一斉にアイスを食べ始める、というものだった。BGMに用いられているのはインカ帝国王族の末裔《まつえい》と言われたペルーの異色の歌姫、ユマ・スマックの人間のものとは思えぬ神がかった歌声。恐らく制作費も時間もたっぷりかけて作られたに違いない手の込んだCMなのだが、実際その効果はと問われれば、それを見ても別にそのアイスを食べたいという気持ちに私はならなかった。それよりも、エクアドルやペルーの神秘の世界を知ってみたいという知識欲の方を触発されたし、気が付いたらユマ・スマックのCDを2枚も買ってしまっていた。食べ物の宣伝なのに、そこにあまりに深い物語を盛り込むと味覚の欲求にまで商品のアピールが届かない可能性がある。けれどどんなものの宣伝であっても、そこには映像の美しさや、やたらとセクシーな美女を起用するなどといった、いちいち凝った演出をする傾向にあるのがイタリアのＣＭの特徴とも言える。

だが逆に、そういう傾向が食べ物以外で生かされた場合は大変素晴しいＣＭを生み出すことにもなる。どの会社のものだったかは忘れてしまったが、古代ローマでコツコツと石畳の道が作られているところにすーっと一台の気品ある車が通り過ぎていく。思わず道路を作っていたローマ人が立ちあがって今自分が見たものが現実だったのか幻だったのかを判断できずに立ちつくしている、というような車の宣伝があった。自分がローマの漫画を描き始めるだいぶ前に見たＣＭだが、束の間のその素晴しいＣＭには心を奪われた。車を買う必要がその時あったなら、間違いなくそのＣＭの車を候補として挙げていたはずだ。

それからもう一つ強烈なイタリアのＣＭといえば、「ＧＥＯＸ」というメーカーの靴のものである。これは靴底に小さな通気口が沢山あいた、足のムレや臭いを解消させるために開発された靴なのだが、食べ物などにはなぜか発揮されにくいストレートなＣＭのスタイルがここでは強烈なパワーで表現されている。

内容は、人が沢山集まった会議室や、映画館、またはお店の試着室などで中心人物が何気に履いていた靴を脱ぐと、途端にそこにいた全員が失神するという、すこぶる単純でわかりやすいものだ。笑ったのは、その中の一つがミラノかローマにあるような和食レストランという設定になっていて、畳敷きの部屋に案内された人物は思いついたようにそこで靴を脱ぐのだが、その途端そこにいた日本人を含む客はあまりのその足の臭さに失神し、中にはわざわざ障子窓をぶち破って気絶する人までいる始末。まるでドリフの「8時だョ!全員集合」のコント状態である。

案の定このCMはとても評判が良く、YouTube などで検索するとこのCMのマネをしている個人映像などがいろいろ出てくる程だ。結果的に果たしてどれだけのGEOXが売れたのかは知らないが、私には、ここまで強烈なイタリア人の足の臭さをできれば嗅《か》がずに済む人生を送りたいな、と思わせる効果があった。

ちなみにこのCMを「こんなの本当に効き目なんかあるとは思えないよ」と半信半疑のまなざしで見ていた夫だったが、後日、自分用のGEOXをちゃっかり調達してきていた。「日本に行った時に困るから」と真剣に弁解していたが、まさに効果覿面である。

単純だけど本当にそれが生活の中で必要なのだという信念の込められたCMは、やはり沢山の人に支持されるということだろうか。日本のビールもイタリアのGEOXも、そういった意味では大成功のCMだと言えるかもしれない。

足のむれないＧＥＯＸ社の靴のＣＭ
キャー！
ギャー
ヒギュー
CINEMA
映画館からパニックで逃げ出す人々
一人座席で自分の靴の臭いを嗅ぐ男
……
そんなに臭い靴の臭い、
想像できません……

BOUEN NIPPON KENBUNROKU

【その十六】

決死のディスカッション。

YAMAZAKI MARI

うちの子供は小学校3年まで日本の教育を受けた後、中東、イタリアを経てポルトガルの小学校に編入した。柔軟な子供のことだからどこへ行っても大人の何倍もの速度でその土地に適応するだろうと私は確信していたし、実際彼も新たな環境に対して尻ごみしていたのは最初の数週間だけで、あとは様々な遊びや漫画を仲介に友達をどんどん増やしていった。学校自体も国が変われば教育制度も教え方も若干違ってくるけれど、基本概念に大差はない。だから言語の壁さえクリアすれば何とかなるだろうと私は楽観していた。

彼が初めてポルトガルの学校でのテストに挑まなければならなくなった時のこと。配られるであろう問題用紙の内容を想定しながら私も息子の勉強を手伝おうとしたのだが、彼曰《いわ》く、ポルトガルの学校のテストとは問題用紙に答えを記入するというスタイルではなく、覚えてきたことを先生の前で喋らされるのだという。

小学生からもうそんな口頭試問形式で受け答えをしなければいけないのかと驚いていると、旦那も「当然だよ」ともっともそうにしている。私も高校の途中までは日本にいたわけだが、作文を読んだり本を朗読したりする以外は人前で喋らされた機会などほとんどなかった。口頭試問とは、学校で学んだことをしっかりと頭の中に収め込むだけでなく、自分がそれについて何を考えたのかまでを伝えなければならない。取って付けたような一夜漬けの勉強では対応は恐らく無理だろう。

勉強というものの表面だけを舐めてその味を覚えるのではなく、何度も咀嚼《そしゃく》して胃に流し込んで自分の体の栄養素としなければならないこの教育方法は、所謂《いわゆる》心から勉強を愛する人間すら生み出す場合もある。例えばうちの旦那のように、小学生の時の歴史の勉強がきっかけでその分野のオタクになってしまうようなケースも出てくる。

そしてもう一つ、この口頭試問というスタイルは、人前で自分の考えや意見を臆せず発表するという能力をがっちり鍛えてくれるものでもある。

つい先だって、うちで親子喧嘩があった。テスト期間中で頭の中が悶々となっている息子とネームの浮かばない私と、そして昼休みで大学から帰って来た旦那とで昼食を食べている最中の出来事だ。「なんで誰も何も喋らないんだよ!!　ご飯っていったらお喋りの場じゃないか!!　何なんだよ、この沈黙は!!」といきなり旦那がキレた。

「何言ってるの？　ご飯の時はご飯を食べることに真剣になるもんだよ」と息子が反論すると、旦那は「イタリアではご飯と言えば家族の大事な交流の場じゃないか！」と言い返す。「僕は会話がしたいんだ、いや会話じゃない、ディスカッションがしたいんだ!!」

私は旦那の言ったディスカッションという言葉について考えた。ご飯を食べながら討論……つまりご飯を食べながら町内会のゴミ捨て問題を討議したり、議員として国会に出席しているような様子にしてくれということなのだろうかと。まず何よりも、ご飯を全くゆっくり味わうことが許されないディスカッションはできれば私も息子と同じく避けたいと言うと、「だいたい日本の人達はディスカッションしなさすぎだよ！　誰かがヘンな意見を言っても『へぇ～そうなんですかあ～』とか受け入れちゃって、そこでどうして『それは馬鹿げてるよ！』とか言わないんだい⁉　なんで言い争うことを楽しいと思わないんだい？」と声を上げる。

確かに私も様々な集団で一緒に集っている時、誰かが思いがけない素っ頓狂なことを言い出してもとりあえずそれがどういう主旨の言葉なのか、何をその人は言わんとしているのかをできるだけ理解しようと心掛ける。あまりにも納得のいかない場合は反射的にその意味を再度問い質したりするが、日本での会話術というのはできるだけ波風立てず、できるだけ相互の意見を理解し合うことで懐を広げようという思いやりと働きかけが生じるのが常だ。そこにうちの旦那のようなディスカッションしたがりの人物が現れると、確実にそこに集う人々から嫌がられることになるだろう。

日本でももし口頭試問というテストの形式が小学校の頃から定着していたとしたら、人前で自分の意見をアピールしたり人の意見に反論したくなるような性質が芽生えていたのかもわからないが、とりあえず私はイタリア人が10人テーブルに集まるとどれだけすさまじいことになるかを知っているので、本当に正論を求められるような状況に置かれる時以外は、静かに他の人の意見をなるべく汲み取ろうとする姿勢の方を選んでしまう。でも、そんな私の脳味噌もイタリア人達が集うテーブルでは知らぬ間にディスカッション姿勢にコードチェンジされてしまうらしい。いろんな人に「ヤマザキさん、なんでイタリア語になるとそんなに声が低くなって攻撃的な感じになるんですか？」と言われるが、多分イタリア語を話さなければならない状況下に置かれた途端、頭が自然にディスカッション受け入れモードになってしまうのだろう。

口頭試問の大きなコツは、間違った意見であってもそれをいかに悠々と、自分の意見として言葉を優雅に操れるかということにあると思う。そうすると教員側も「おかしなこと言ってるけど、確かにそうかも……」と思わざるを得なくなってしまう場合もあるし、曖昧な意見を曖昧に発言されるよりは対応していても面白いし掘り下げようもあるからだ。

イタリアのトーク番組を見てみれば大変わかりやすいのだが、そこに呼び出された全ての人が生放送だろうと何だろうとお構いなしで延々と喋りたがる。喋りながら、聞こえているのはもう自分の声だけなのだ。喋る自分の声に陶酔し、腕をぶんぶん振りまわしながら自分という人間の考えた意見を人に聞いてほしくて必死になるのはいいのだが、全員それだから話は容易に纏まらない。司会者がいればなんとかプロの技で上手く調整してくれたりもするのだが、その司会者ですら思わず自分の意見丸出しで反論してしまったりするのだからもう収拾がつかない。何のオチもないまま大抵その番組は終了するのだが、例えばうちのイタリア家族はそんな番組があるとテレビの画面の前で一緒になって文句を言ったり同意したりしている。ディスカッションが常の環境において学校では口頭試問が繰り返されれば、否が応でも人前で自分の意見を述べることは当たり前になっていく。そしてそれが日本人の苦手とするスピーチ力にも結びついていくのだ。

スピーチが上手い人といえば私はまずオバマ大統領が思い浮かぶ。母親に連れられて数か国を転々とした彼は、小学生の頃母親の2度目の結婚相手の国であるインドネシアに移り住む。そこで彼は言葉もろくにわからない現地の学校に通わされることになるのだが、とりあえず友達が欲しくて仕方なくなったオバマ少年は何をしたかというと、家の塀の上に腰掛けて、道路に向かってカラスのマネをしたのだそうだ。腕をバッサバサ動かしながらカアカアという鳴きマネで通りを行く人々の注意を引いていたというのだ。何とも強烈なアピール力であるが、人に何かを伝えたい時は全身全霊で、という姿勢がその頃から彼の中にはあったというわけだ。

確かに自己アピール力やスピーチ力というのは人に自分の思うことをどうしても伝えたい時には大切だと思う。でも考えてみれば、それと同じくらい相手が何を言わんとしているのかを理解しようと努める日本人的会話術も大切だと思う。そうしないと、イタリア式なディスカッションは時として大きな誤解を生みかねない。

とある友人宅で私がかつて日本のバイト先で巨大ゴキブリが自分の方に飛んできて驚いたという話をしている最中、隣にいた姑が「ゴキブリと言えばあたしも巨大サソリを見たことがあるんだけど!!」と大声で割り込んできて完全に私の発言を遮り、ゴキブリ話の聴衆を丸ごと奪い取った。でも私には彼女の大声を振り切る力がなかったので、そのまま尻すぼみにゴキブリの話を消し去ってしまったのだが、それから数日後、その場にはいなかった知人から「そういえば、羽の生えたサソリが日本にはいるんだってね!?」と問い質されたのである。羽の生えたサソリで済むならいいのだが、もっと大きな重要な会議の場でこんな誤解が生まれたら一体どうするつもりなのだろう。

とにかく旦那の要求するご飯を食べながらのディスカッションというものを、私はできれば避けて通りたいと願っている……。

言葉のわからない国で友達を作るために
カラスのマネで自己アピールをする６歳のオバマ少年
バサ
バサ
カアカアカア!!
カラスだよ
カアっ!!

BOUEN NIPPON KENBUNROKU

【その十七】

全世界から憧れの眼差し。電化製品のドラえもん。

YAMAZAKI MARI

イタリアに留学していた頃、私は今までの人生における最大の貧困生活を強いられていて、酷い時には水道・ガス・電気といった全てのライフラインが断たれたことすらある。家賃に関しては何だかんだと逃げ切って未払いでも追い出されることはとりあえず免れ続けていたのだが（でも最終的には弁護士や錠前屋を連れた大家がやって来て彼らが見ている前で追い出された）、とにかくこの水道・ガス・電気がない暮らしというものがとことん不便なものなのだということを、私はその時初めて思い知った。

水がなければお茶も飲めないし、パスタも茹でられない。顔も体も洗えず洗濯もできないどころかトイレも流せない。私は仕方なく夜になると人目を避けて公園の噴水の水をポリ容器に汲んで家へ運んでなんとかその苦境を凌《しの》いだが、水のない生活というのがそこまで大変なものだとは想像もつかなかった。人類の文明が川などの水べりで発生したというのには大きな意味があったのだ。

ガスは、まあ調理ができないとかお湯を沸かせないという不便さをもたらすが、そもそも水が出ないのだからハッキリ言って意味がない。従ってガスが使えないことに対する苦悩はさほど強くなかったが、問題は電気だ。

電気がなければ夜は真っ暗になる。テレビも点《つ》かないし当時は唯一の外部との通信手段であった電話もファックスも繋がらない（まあ電話も電話料金未払いで止められていたから電気が通っても仕方ないのだが……）。そして最も困ったことには冷蔵庫というものが意味を成さなくなる。貧乏だったので大した家電は持っていなかったが、それでも電気がないということがあれだけ文明から突き放されたような虚しさと寂しさをもたらすものだとは知らなかった。夜の帳《とばり》が下りて来ると、窓の外にはうち以外の家々にオレンジ色の温かい灯りがともり始める。それを寂しくじっと眺めるだけのあの心地は、他人の家で繰り広げられるクリスマスの晩餐を見つめるマッチ売りの少女と同様のものだろうと思う。

電気によってもたらされた生活の便利さたるや、計り知れないものがある。慣れてしまうとあって当然と思ってしまうが、それがなかった時代に比べて今は明らかに私達は時間的にも労力的にも大きな得をしているのだ。

そしてこの「電気の力」というものの便利さに大いに刺激されたのが日本人という人種だ。大戦直後くらいまでは日本の電化製品の普及度は欧米に比べると全く大したことはなかったそうだが、それ以前にすでに、東芝は電動式の扇風機や冷蔵庫、アイロン、掃除機などの所謂「家電」を開発していた。扇風機のお陰で団扇《うちわ》をあおぐ手間は省けるし、冷蔵庫のお陰で食料品の買い置きも可能になった。掃除機もそれがあるだけで主婦の手間は大いに省けるようになる。電気という家政婦が家にやって来たようなものだ。

なんという画期的な開発だろうとそれを手に取ることのできた限られた人々はさぞかし感動したことだろう。

戦後になると日本人の電気を使った発明欲はさらに激しくなっていく。掃除機や扇風機だけでなく、その他の、今まで手を動かしてやっていたことをできるだけ多く電気に代わってやってもらおうという意欲に勢いが増し出したのだ。

トースター、ドライヤー、電気炊飯器、洗濯機などが1950年代に開発された電化製品の主なものだが、すでにこのへんからもう電球などといった日常生活になければ困る必然的な便利さとは別方向の、「あったらあったで便利」というコンセプトの物が生み出されていく傾向が窺える。そしてその後はテレビやラジカセなどといった娯楽嗜好品の登場に繋がり、こういった電化製品のお陰で人々は外へ行かなくても家庭の中で充分エンターテインメントを楽しめるようになっていくのだった。

日本と言えば電化製品の国、という公式が海外で出来上がってきたのは、恐らくこの高度成長期の辺りからではないだろうか。戦争でずたずたになったはずの国がいきなり目覚ましい経済発展を遂げ始めるわけだが、その頃の電気機器会社の開発部は恐らく皆、目を爛々《らんらん》とさせて、誰にも真似のできない画期的な商品を生み出そうと意欲満々になっていたはずだ。もうその時点において、人間の必要最低限の生活をサポートしてくれる電化製品はだいたい全て出尽くしており、今度はそこにプラスアルファされた、アイデア商品が要求されてくるようになる。

電気炊飯器にしても、時代が経つにつれてただ炊けばいい、というだけでは誰も興味を示さなくなってきてしまい、どんどんそこに新たな新機能が盛り込まれていく。冷蔵庫にしても掃除機にしても洗濯機にしても同じだ。海外の人がやたらと日本の電化製品を特別視していたのは、単なる合理的な代物《しろもの》に自分達の発想では思い浮かばないようなファンタジーが駆使されているからなのだと思う。

私が中学生の時にソニーから「ウォークマン」が発売された。音楽を外に携帯できるというその画期的商品は発売と同時にたちまち日本人の心を鷲摑みにし、私は人生で初めて自分の中にコントロールできぬ物欲が潜んでいることをこの商品によって知らされた。自分の好きな佐野元春を、外を歩きながら聴けたらどんなに感動的だろうと想像するだけでもいてもたってもいられなくなるのだ。親に頼んでも「自分の小遣いで買え」の一点張りでなかなか夢は叶えられず、結局それから2年ほど我慢してようやく私は別の電気機器会社から出ている更にサイズの小さい、しかもラジオも聴けて録音もできるという代物を入手した。初めてイタリアへ渡った時もその大切なウォークマン（ソニー製品ではないので正しくはヘッドフォンステレオ。でも私にとってはウォークマン）を持って行ったのだが、私はそこで出会った様々な人々の中に、自分がかつてウォークマンを欲した時に芽生えた、あの貪欲な物欲と同じものを植え付けてしまったのだった。当時のイタリアではウォークマンはまだまだ珍しかった。欲しくても、お金を貯めても売っている店がそこにはない。お金を渡すから、今度日本に帰ったら買ってきて！と沢山の人からリクエストされたのを覚えている。そんなある日、私は近所の子供がでっかい紙袋に大きなラジカセを入れて、そこに接続したイヤホンを耳に装着した状態でにこにこ歩いているのを目撃した。多少かさばるが、彼的にはそれは立派な「ウォークマン」だったのだ。欲しくて欲しくて仕方がなくて彼なりに思いついたアイデアだったのだろう。

海外に暮らしながら、私は何気に世界の人々を心の底から羨望させる電化製品を生み出す日本の民であることを誇りに感じていた。あれば便利という実務的な用途だけでなく、夢さえ籠っている日本の生み出す電化製品は本当に心から自慢がしたくなる代物だった。

今の日本にはかつての画期的電化製品を生み出していた弾けるような勢いは残念ながら見当たらない。でもいくら世界が広しといえども、電気という力一つであそこまで想像力を膨らませられる人種は恐らくそんなにいないと思う。確かに、こんなご時世だし、

イタリアのNOVE村に
初めてウォークマンを
持ち込んでしまった
17才当時の私
ちょっとくらい
でかくたって
機能はウォークマン
と全く同じだもんね！
根性のウォークマン

電気をじゃんじゃん消費するようなものが好意的には受け入れてもらいにくいという現状が、想像力を規制しているというのもあるのかもしれない。だったら尚更、ほんのわずかな電力でも何か人々をびっくりさせるような、人々をわくわくさせてくれるような、とびきりのファンタジーを駆使した代物を生み出す勢いを取り戻してくれる日が、また来てくれればいいのにと思う。なんせ電化製品大国日本は世界の沢山の人達にとってちょっとした「ドラえもん」のようなものだったのだから。

【その十八】

節電しても
がぜんギラギラの
バブル国。

私が今シカゴで家族と暮らしているのは地上60階建の高層マンションの50階だが（築30年近いので中は結構ボロい）、周辺にもこれと同じくらいの高さか、またはさらにこの1・5倍はありそうなマンションが建っている。そして恐らくこの辺りの全ての高層建造物の中にある住居はここと同じくオール電化だろう。

アメリカへ来てから何だか知らないが6キロも太った私は、ダイエットのために50階を非常階段で上ってみようと決意した。エレベーターなら途中で止まらなければ一分もかからないで上ってしまう高さだが、私は約一時間弱掛けて50階に到達した。10階まで上っただけで膝がぐらつき、暫く踊り場で休んでからまたさらに10階、という調子でなんとか上ってみたのだが、部屋のドアの前に辿り着いた時には自分的には象を担いでエベレスト登頂を果たしたようなボロボロっぷりだった。これじゃとてもじゃないが、万が一停電などでエレベーターが止まったりしたら家と外を行き来などできない。私みたいな極度の運動不足な人間は停電になったら地上何十メートルないし数百メートルで完全に孤立化し、ヘタをしたら飢え死にしたりする可能性もなきにしもあらずだ。

日本もそうだが、経済先進国で電気がなくなるというのは本当に命に関わることなのだと痛感した私だったが、どうやら今年（２０１１年）、夏の日本は電力の供給力はいつもより少なくなるらしい。さすがに停電ではないのだからエレベーターが止まるとかそういう事態にまでは至らなくとも、結構色々と不便だなと思うことが増えてくるはずである。まずクーラーで暑さを凌げなくなったりとか、自動販売機で思い立った時に冷たいジュースが買えなくなるとか、大きなことではなくても不快感を募らせる要素はいつもの年よりも増えることが想定されるだろう。

それにしても一体どれくらいの電力が減るのかと思ってニュースを見てみると、最大供給量が約5520万キロワットと書かれている。これは今から20年前、つまり1990年の需要量に相当するのだそうだ。

「え？」とそれを見た私はちょっとばかり固まった。1990年って言ったら、日本は間近に迫ったバブルの崩壊を人々はまだ一抹も察する気配もなく、あっちこっちに派手なネオンが灯りまくって、皆ボディコンやら肩パッドのがっちり入ったスーツやらに身を包んでディスコなんかで夜も遊び放題、電気なんか湯水のように使って、まさにこの上なくお金の醍醐味を謳歌していた時代だったはずだ……。

当時イタリアから日本に一時帰国した私は、電気もガスも料金未払いで止められている自分の貧しい画学生生活とは真逆な贅沢な人々の暮らしに茫然《ぼうぜん》となっていたものだ。

だから1990年くらいの需要量と言われても、全然困った気持ちにはならない。確かにあの頃は携帯電話もなければPCも普及していなかったし、オール電化の家だってそんなになかったはずだ。というか、正直それよりもっと遡《さかのぼ》って１９８０年頃の電力に戻すと言われても私的には多分そんなに動じないだろう。１９８０年代に私が個人的に消費していた電力と言えば部屋のラジカセと勉強机のライト。ウォシュレットも風呂の追い焚き機能も付いてなかったが、ポピュラーじゃなかったので別にないからと言って不便だとか辛いなどとは全く思わなかったものだ。

例えばアメリカへ越してくる前に私達が住んでいたポルトガルでは、田舎等に行くと未だに車の代わりにロバに荷物を積んで移動する人達もいる。電気はさすがに通っているしテレビも見られるけれど、ないならないで別に困らなそうな家も沢山ある。必要最低限度の電気の便利さだけで皆何とかやりくりし続けているのだ。

そして一国の首都であるリスボンの街中ですら、例えば我々が暮らしていたような少し古い家になると契約アンペアが大変低く、電化製品も冷蔵庫や洗濯機、テレビに電話程度にとどめておかないとブレーカーが落ちてしまうことが日常茶飯事だった。

電子レンジとヘアードライヤーを一緒に使うと一気にブレーカーが落ちるので、どっちを使うか毎度選択しなくてはならない。冬場はオイルヒーターを使っていたのだが、家族全員がそれぞれの部屋でこれを使うとまたブレーカーが落ちる。アンペアを上げてもらいたいと夫に相談したら、そんなことをしたら調子に乗っていろんな電化製品を使いまくって電気使用量がえらいことになるに違いないからとその申し出は却下された。お陰でリスボンで払っていた電気料金は本当に大したことはなかった。実際、一度に使える電力量が少なければ、節電は必然になる。

かつてソ連崩壊直後に訪れた極貧状態のキューバでは一日の決して短くはない時間、計画停電が実施されていた。それもたまに夕食時や就寝時など、電気がないと本当に困る時間帯に停電になるのだが、私がホームステイしていた家族は計画停電もすっかり板についていて、電気がないならないで仕方ないよとお腹が空いていても皆文句も言わずに外へぶらぶらと繰り出し、月明かりの下で夕涼みをしたり楽器を演奏したりしてその場を普通に凌いでいた。

現代における電気がない暮らしといえば、アーミッシュだ。この間スーパーで買ってきた鶏肉がインディアナ州に暮らすアーミッシュの牧場のものだったのだが、彼らはこのアメリカ合衆国において文明の利器に頼らずして生きているドイツ系移民の宗教集団だ。信仰生活に反する電気や通信、進化した技術などを一切拒み続けて、移動手段も車ではなく馬車を使うという、このアメリカという大資本主義国において未だに18世紀みたいな暮らしを徹底しているのである。

それでもこのアーミッシュの人達は普通に子孫を作って家族を形成し、テレビや携帯、

もしも
今の日本にアーミッシュ的な人が
いたとしたらこんな感じだろうか……
アメリカの現代に生きる
アーミッシュの人達
うちで自然飼育している鶏の肉は美味しいですよ～☆
＊車は使用しない
＊基本的に自給自足
＊電気は使用しない
＊通信機器も利用しない
＊商用電源は使用せず、
水車・風車で蓄電する

ＰＣがなくても、自給自足を営む傍らでお喋りを楽しんだり本を沢山読んだりしてそれなりに幸せに暮らしている。余程電力が必要な場合は風車や水車で電気を貯めてそれを使うのだそうだ（まあ、実際はどうしても必要な電化製品は持つこともできるし、車の運転免許を持ってる人達もいるそうだけど）。

買ってきた鶏肉を前にアーミッシュの話でやたらと盛り上がった旦那と私だが、自分がアーミッシュ的生活に今切り替えてみたらどうなるかを冷静に考えてみて、やはりそれは不可能であることに気が付いた。

現在私は漫画のネームと原稿のペン入れまでは手動だが、後の全てはＰＣを使ってデータでやりとりしている。お手伝いの方は全て日本にいるデジタルアシさん。担当者にネームを送るのや彼らとの打ち合わせや確認のやりとりなどは全てスカイプ。机の上をざっと見ただけでもありとあらゆる作画用の電気機器が並んでいる。確かに電気が使えなかったら何本か抱えている私の漫画の連載の仕事は全く成立しなくなるだろう。

もしもアーミッシュの暮らし方を選択するのなら日本にいる担当とのやりとりは全て書簡。何度かの直しの後、数か月後にネームのオッケーをもらったところで蠟燭の灯りで描いた原稿を馬車でアメリカ人の使う郵便局に持っていって発送。こんな調子だと一年に一度、掲載されれば奇跡的な方だ。

こんなご時世、何だかんだ言わずに日本もブレーカーが落ちるのが当たり前だった時代の暮らしに期間限定で戻してもいいのかもしれない、などとちょっと思った私だったが、もし本当にそんなことになったら私も含めて、思うように事が捗《はかど》らず額に静脈を浮き立たせてイライラ炸裂の人間達が増殖するかもしれない。日本人にも計画停電時のキューバ人みたいな、不可抗力に対して大らかな対応ができたら本当は素晴しいのだが……。

【その十九】

世界を侵略する変な民芸品に注意せよ。

今年の誕生日、仕事で日本にいた私のところへシカゴで留守番をしている息子と旦那からおめでとうを伝える電話が掛かってきた。人生の後半期に入ってしまった後の誕生日に対しては思い入れなどほとんどないが、でも家族が覚えていてくれるのはやはり嬉しい。プレゼントはなくても、言葉で祝福してもらえればもうそれで私は充分満足だったのだが、シカゴに帰ってきた時に私は二人から小さな包みを受け取った。

「お誕生日プレゼント！」と私が絶対にそのプレゼントを気に入るはずであるという、確信に満ちた輝かしい笑顔の旦那と息子。私も気になって二人の見ている場でその包みを開けてみた。中から出てきたのは、小さな宝石箱だ。「結構奮発したんだ！」と言う二人に私の好奇心はますます高まり、その箱のふたを思い切って開いてみた。

中に入っていたのは、仏像の浮彫だった。色は真緑、大きさは手のひらの半分ほど。頭の上に穴の開いたボッチが付いているから、要するにペンダントヘッドということらしい。

正直なところ、その箱の感じから、何かこう、ちょっと違う物を想像していた私は「……え!?」と人知れず内心で小さな叫びを上げていた。

「シカゴの中華街で見つけたんだ！」と嬉しそうな旦那。「ヒスイなんだよ！」

翡翠にしてはかき氷に掛けるメロンシロップのような緑色だが、重さ的にもそれが石であることは確かなようだった。

私は満面の笑みで「ありがとう！」と二人にお礼を言ってその仏像ペンダントヘッドを箱に戻そうとしたのだが、旦那が「ダメだよ、運の良い物なんだからすぐに身に着けてよ！」と急《せ》かす。息子も隣で「そうだよそうだよ」と激しく同意している。

私は引き出しの中から取りあえず適当な紐を見つけ出して、仏像をそこに取り付け、首にぶら下げた。手に持つとそうでもないのだが、首にぶら下げてみるとかなりずっしりとくる。仏像の重みで首の後ろに紐が喰い込むが、何はともあれせっかく二人からのプレゼントなのだからと思い、多少重たくてもしばらくそのままでいようと私は心に決めた。胸元にどっしりした仏像をぶら下げて仕事をしている私を見ながら、「マリの趣味って結構難しいから、本当に悩んだんだけど、もうそれしかないと思ってさ……」と満足気に呟く旦那。余程苦労して探し出したプレゼントだったようだ。

しかし私は「マリの趣味って難しい」という言葉を聞いて、自分の嗜好が彼らに一体どう解釈されているのかがとても気になった。もしかして仏像好きに見えたのだろうか？　他の人が持っていない変な物や、何か強烈なお守りや魔除けが好きな人だと思われているのだろうか……。

確かに去年、仕事でイタリアへ行った時の家へのお土産は、長さ10センチ程の真っ赤なトウガラシを模った魔除けと、古代ローマのレプリカを売っている店で調達した青銅製のローマ時代の垢すりのレプリカで、それをスーツケースから取り出した時の家族の反応は微妙だった。青銅の垢すりなんて自分だけではなく旦那も喜ぶかと思っていたのに「偽物買ったって面白くないじゃん」とかなり冷たくあしらわれたのだ。トウガラシに及んでは、これはローマ時代の男根崇拝が進化した形状の魔除けであり、これをぶら下げていると悪いことは起きないという謂《いわ》れがあるので縁起がいいと思って通常サイズよりちょっと大きめのやつを選んできたのだが、二人には「こんなの人に見られたら恥ずかしいよ!」なんて言われる始末。結局その二つの古代ローマ風お土産で心の底から盛り上がっていたのは、実際イタリアに赴いてそれらを買ってきた自分だけだった。

そう言えば、かつてブラジルのアマゾンに旅した時も、土産物屋で何時間も吟味して選んで買ってきた物が、配った人全てに喜ばれなかったことがある。ブラジルの秘境アマゾンは日本から20時間も30時間も掛けてやっと辿り着いたサンパウロから、さらに飛行機で5時間も行かなければ到着できない、決して行くのは容易ではない場所である。だからこそ、私はそこで珍しくて特別なお土産を家族や友人達に選んだつもりだった。

まず、ピラニアの剝製大・中・小。大に至っては体長が40センチ程の物だ。それぞれ小さく鋭い歯を剝き出しにした正真正銘のピラニアである。決して別の魚にいやらしい小細工をしたような代物ではない。それから、やはりアマゾン川に生息する巨大な淡水魚ピラルクーのウロコのキーホルダー。直径5〜6センチはある乾燥させたその白くて硬いウロコは、爪磨きにもなるのだと店の先住民のおばちゃんに薦められて8個も買ってしまった。こんな珍しい物は、たとえなんでも手に入る日本でだって入手は容易ではないだろうという思いが私にそのキーホルダーを籠から鷲摑みにさせていた。

それから先住民の人が使う吹き矢。木の実で作った人形。虫の標本。どれもこれもアマゾンに来なければ手に入らない代物ばかりだ。私はそんなお土産を手に取って大喜びする友人達や家族の顔を想像するだけでニヤついたものだったが、残念ながら実際それらを受け取った時の彼らの「うわ」という表情は喜びによるものではなく、ストレートな困惑から発生したものでしかなかった。

そんな私も以前メキシコへ旅した友人から、でっかいソンブレロをもらって大変困惑した覚えがある。友人は「壁にでも飾って！」と嬉しそうにそれをくれたのだけれども、メキシコを知らない私は家の壁にその派手なスパンコール付きの帽子を飾りたい気持ちにはならなかった。でも実際目の前でマリアッチやソンブレロのダンスなんかを見てきた彼女にとっては、この上ない最上の喜びのお裾分けという心づもりがあったのだろう。

ちょっとばかり苦い経験を幾つか踏まえた結果、ご当地的な珍しい代物というのはあくまで自分用に購入するべきなのだという結論に至った私の仕事部屋には、確かによく見ると変な物が沢山ある。旅をして訪れる国の数が増えれば増えるだけ、珍しい民芸品やお土産の数も多くなる。そしてそれらを見ると、自分がその土地を訪れていた時の記憶の断片が自動的に浮かび上がってくるのだ。

バリ島で買ったお面にシリアのスークで見つけた携帯用の小さなコーラン。レバノンで買ったフェニキア文字の石板に、ポルトガルの魔除けである黒いニワトリの置物。シチリアの操り人形3体。エジプトで買ったタペストリーにフィジーで買った木製の亀の置物。確かにそこに、真緑の仏像ペンダントを仲間入りさせても何の違和感もない。これらのせいで家族が私はこういう物しか欲しくならない人と思い込んでいたとしても、それは仕方のないことかもしれないと私は実感した。

彼らが私の趣味を懸命に思案したその思いやりは本当に嬉しいし、私はこの仏像ペンダントを肩凝りがひどくならない程度に着用するようにしているが、多分一生夫からはブランド物やらこじゃれたアクセサリーなどをもらうことはないのだろう。それはそれで全然良いのだけれど……せっかくだから私も彼には是非ともトウガラシの魔除けを胸にぶら下げて大学へ授業をしに行ってもらいたいと思っている。

是非旦那にはこのナポリ土産を身に着けて
大学で授業をしてもらいたいものです……
ちなみに
コレ↓が
私のもらった
スイムペンダント
古代ローマ時代の
男根崇拝の進化形
である赤いトウガ
ラシ型の魔除け
Comparative
Literature

【その二十】

血みどろにならない敏腕歯医者。

海外で暮らす時の心構えはなるべく郷に入れば郷に従えで、現地の人と可能な限り同じ仕様の暮らしをするようにしている。食べ物でも、娯楽でも、学校でも、病院でも取りあえずその土地の人達が生活するのに普段関わりを持つ物を自分達も知っておくのは大切だと思うからだ。

しかし、そんな私にも海外では妥協できないものが二つ程ある。それは何かと言うと、美容室と歯医者だ。

海外へ渡ってから暫くの間は私も現地の美容室や歯医者に厄介になった。だが、この両者に関しては、今まで一度たりとも「満足いった！」という充足感を抱けた経験がないのである。

美容室に関しては、これは正直日本人が世界で一番髪の毛に気をつかっている人種だという確信はあるし、実際髪にうるさい人々を顧客にしている日本の美容師達の技術も、そして使用される様々なシャンプーやトリートメント類等も、群を抜いて素晴しいと私は思っている。外国人には皆同じにしか見えない平たい顔の日本人それぞれの個性をきちんと識別し、それぞれに似合った髪型に丁寧にアレンジしてくれる日本の美容師達。それに比べてイタリアの美容師は自らをヘアーアーティストと称し、客の意見など一切聞き入れてくれない。そんな様子の何人もの美容師達に私はかつて何度も沢山のお金を払ってヘアーモデルをした経験がある。

ただ美容室は急を要して行かねばならぬという場所ではないので、多少ボサボサの天然ドレッドヘアーみたいな様子になってしまっても、日本へ帰ればサーヴィス精神旺盛な親切で技術力の高い美容師さんがきっとなんとかしてくれるから、美容室に関しては私は完全に海外で厄介になるのは止めることにした。

しかし歯医者の場合はそういうわけにはいかない。

歯の痛みはこちらの要求に耳を傾けてくれない。それどころか、放っておくと口の中で信じられない猛威をふるって、素人の想像では及ばないような恐ろしい荒らし方をしてくれるのだ。

私はかつてイタリアの歯医者で3本程歯を抜いた。その3本とも全てが親知らずだったのだが、行きつけの歯科医は「クマ」と患者から陰であだ名を付けられている、身長190センチ、体重150キロはありそうな超巨漢で、手の大きさがグローブかモンキーバナナの房くらいある人だった。大抵そういう見てくれの人は穏やかで静かだったりするのだが、そのクマ先生は身ぶりも態度も豪快な人で、何よりもとにかく歯をすぐに抜きたがる。これはダメだと思ったら、とにかく抜く。それが彼の信念のようだった。

このクマ先生のグローブ大の手を口の中に突っ込まれただけで、唇の端が裂けた患者が一体どれくらいいたであろうか。しかも指もでっかくて太いので、その指を口の中で動かされた日にはまだ何の治療も受けていなくても拷問を受けたような心地にさせられる。

日本では最近は麻酔を打つためにわざわざ歯茎に麻酔を塗ってくれるが、クマ先生の中にはそんな細やかな心遣いは存在しない。とにかく歯を抜くことしか念頭にないわけだから、ぶっとい指でろくに位置も確認せずに麻酔を打たれて、患者の方は大変不安になるのである。

最初に虫歯になった親知らずを抜いてもらうことになった時、クマ先生はまずある程度の処置を電気器具を使ってした後にその歯を素手で抜こうとしたが、上手くいかなかった。

「うーん、あんたの歯、大きすぎてなかなか指ではもぎ取れないな、ちょっと金槌を使うよ」

私の口の中には再び巨大な手が突っ込まれ、クマ先生は鼻息を漏らしながらまるで彫刻家のように金槌とノミのような物を手に一心不乱に私の歯をもぎ取ろうとした。しかし私の親知らずは根こそぎ抜ける前にクマ先生の有り余る力によってバキッと激しい音を立てて砕けてしまった。「うわ、しまった！」とクマ先生は医者として患者に聞かせてはいけない声を上げた。その後はペンチを使っての処置である。粉々になった歯をペンチを使って歯根から抜き取り切るのに一体何時間掛かったのかは知らないが、全てを終えた後にはクマ先生は汗でべちゃべちゃになっていたし、私も口の周りが吸血鬼みたいに血まみれになっていた。

この恐ろしきイタリアでの抜歯に限らず、今まで暮らしてきた中東やポルトガルでも丁寧で上手な歯科医に出会うことは一度もなかった。よって私は、どんなに歯がヤバいという危機感が生じても我慢してしまう癖が自然と付いてしまったのだった。

先だって自分の漫画が映画化されるにあたって私は撮影地であるローマに赴いた。そして撮影の初日、映画のキャストを務める錚々《そうそう》たる俳優陣やプロデューサー等と一緒にホテルのそばのレストランでご飯を食べる機会があったのだが、そこで事件が起きてしまった。

パンを咀嚼している最中に突然重たく冷たく硬い物体が上顎《うわあご》から舌の上に転がり落ちてきた。それは決して小さい物ではない。私の全身全霊をヒートアップさせていた興奮が一瞬にして冷たく凍りついた。それは歯だ。しかも一つではない、奥歯のブリッジだ。要するに3本いっぺんに奥歯が取れてしまったのである。

私はトイレへ向かって口の中のブリッジを取り出し、元通りにくっつかないものかとぽっかり空いた隙間に押し付けてみた。歯は一瞬当然その場所にきちんと収まるが、手を離せばその重みですぐに落ちてしまう。瞬間接着剤を携帯していない自分に対して猛烈に腹が立ったが、取りあえず冷静になって口の奥のその黒い空間がどういう表情であれば目立たないかを鏡の前で研究することにした。いろんな顔をしてみたが大笑いさえ我慢すればごまかせる感じだ。私はそのまま何事もなかったかのようにテーブルに戻り、口を押さえながら食事を続行したのだが、なんと今度は歯がないから口に入れた物が思うように嚙み切れないのだった。口に入れた物を何とか歯の残っている部分で咀嚼しようと必死になるが、主演の阿部寛さんの斜め前に座った私の額には脂汗がにじみ出してくる。

長い人生の中で人前で歯が落ちることなんて一度もなかったのに、なんでそれがよりによってその日のその場でなのか、映画化でハッスルしすぎていた私は思い切り胸の中に氷水を注がれたような心地になっていた。

ローマからシカゴに帰った私はダッシュで近くの歯医者に駆け込んでみたのだが、ざっと診《み》てもらった結果田舎で家が一軒買えるくらいの見積もりを出されてしまった。任意保険の国であるアメリカにおいて歯科医療はその想像を絶する莫大な治療費で有名だが、さすがにそれを承諾する勇気はなく、日本へ行くまで私は奥歯が抜けたまま我慢することにした。

その後日本で訪れた、アメリカで勉強されてきたという若い丁寧な歯医者さんは、冷静に私の歯の状況を分析し、最終的には放置しすぎて取り返しのつかなくなっている歯が6本もあることが判明。全てが元通りになるまで長期に及ぶこと覚悟で今現在もこの歯を治療中の私だが、最先端技術を米国で学んだ手先が器用で几帳面な日本の歯医者さんは本当に至高の存在だと私は痛感している。値段もシカゴの歯医者の見積もりの3分の1。言うことナシ。

ちなみに素敵な夕食の席で取れたブリッジはローマの思い出として取っておこうかと思ったのだが、一連の大騒ぎで紛失してしまったらしい。それはそれでちょっと残念だ。

阿部寛さん
ローマにて
映画
「テルマエ・ロマエ」
の関係者と食事中
に奥歯のブリッジが
取れた瞬間
む
でも最終的に飲み込まなくて良かったね！
俺は飲み込んだ差し歯が下から出てくるのを待って、やっと見つけたんだ！
ハハハ
この方も映画関係
下から…!?

【その二十二】

何がなんでも歯を見せない、鋼のアルカイックスマイル。

歯の話題でもう一つ。

お国変わればその地域におけるそれぞれの外観に対する美意識も違ってくるものだ。現代の日本では女性も男性も贅肉は美のタブーとされている中で、例えば南太平洋のとある島へ行けば女性は太って大きい方が美しいとされていたりする。インド映画なんかを見ていても、痩せた人達が多いこの国でボリウッドの女優達は比較的肉付きが良い人が多い。痩せているよりも、肉付きがある程度あった方がマテリアル的豊かさも強調されるから、様々な意味でそのような豊満な形がヨシとされるのだろう。伝統や社会環境によってその土地固有の美的基準というのが自然と人々の中に育まれていくのは当然のことだ。

でも今のようにどんな場所にいても世界の情報が各種のメディアで媒介されている時代になってくると、美しさのアイコンというのも比較的グローバル化したものになってはいる。例えばミス・ユニバースなどのミスコンで世界一の美女として選ばれた女性を「これはうちの国ならブサイクナンバーワンだな」と思う人は世界の中でもそんなにいないだろうと思うし、ウィリアム王子と結婚したケイトさんの溢れんばかりの幸せオーラを放つ花嫁姿が世界のテレビに映し出された時、彼女を美しいと思わなかった人達はそんなにいなかっただろう。まあ、女性はふくよかだったり太っているのが美しいとされる国では彼女の体の絞り方は如何《いかん》せんやりすぎだと感じた人達もいるかもしれないが……。

とにかく現代の世界において、その土地で美しいとされる男女が他国で強く反感を買うということは滅多にないというような気もするし、お互いにわかりにくい美しさを一生懸命に把握しようとするよりも共通の美意識が存在するのはそれはそれで良いことだとも思う。

しかし、それだけグローバルビューティーのコンセプトが世界中に根付いていると信じ込ませられている反面で、実は未だにそれぞれの国にしか見られない美意識が存在していることも事実なのだった。それはメディアなどの情報をあてにしているだけではなかなか知る機会がなく、それぞれの土地に自ら足を運んでみたり暮らしてみたりしたところで認識できるものと言えるだろう。

日本の場合、多くの欧米人に共通して気が付くことの一つに日本人の歯というのがある。

最近は日本にも沢山の審美歯科があるし、歯を美しくしようという意識を持った日本人が増えてはいると思う。ただ、やはり審美歯科になると保険も利かなかったり何だりで、全身の美しさを整えていく上での優先順位はまだそれほど高くはなさそうだ。ところが欧米では歯の美しさというのは、エステに行ったりダイエットをしたりする以前に意識しなければならぬ体の中でも最も重要なポイントであり、歯の様子一つで差別さえ生じたりもする。

私が今住んでいるアメリカもそうだが、たまに遊びに行くブラジルなんかでも、どう見ても経済的にはそんなに裕福そうでもない人達ですら、笑った時の歯の完璧な白さと美しさにはかなりびっくりしてしまう。アメリカ人やブラジル人達と一緒に写真を撮ると良くわかることなのだが、彼らはカメラに向かってこれ見よがしに歯を見せて笑った顔を作る。

日本人では歯を全部見せる勢いの笑顔で写真に収まる人は滅多にいない。私もカメラに向かって笑う時はどうしても口を閉じてしまうのだが、10人の中で一人だけ口を閉じている写真というのは「この人、どうして歯を見せないんだろう」という変な疑問を見ている人に抱かせる感じになってしまう。

実際、歯を全部見せて笑うなんていうのは歯の美しさに一点の曇りもない自信がなければできないことではないだろうか。しかも周りを見ると、みんな歯並びも完璧で真っ白で、その人がどんな化粧をしているかとかどんな髪型でどんな服装なのかなんて事はかなり霞《かす》んでしまって、どうでも良くなる。歯さえ完璧に美しければ結構怖いものなしなんだなということを私は海外に暮らしているうちに思うようになった。

歯並びの大変美しいブラジル人の友人に「ねえ、どうしてあなた達はそんなに歯が綺麗なの？」と質問したところ、「いろんな人種が混ざって、良いDNAが全部歯にくるんじゃない？」と真剣に答えられたことがある。そんなはずはなかろうと思う反面で何となく信憑性もなきにしもあらずの答えでもある。でも彼らは、本当に貧しすぎない限りは歯に対して多少の借金をしてでも並々ならぬケアを注ぐのだ。

うちのイタリア人の旦那も様々な土地の様々な女性を見てきている人だが、彼は妻が日本人だということもあってなのか東洋人女性への嗜好が強い。彼曰く、欧米人のような、殴る蹴るなどのアグレッシヴな暴力性が全く感じられないことと、女性的な美しさの演出が入念だということが東洋人女性好みの大きなポイントになっているようなのだが（注：私は東洋人ですがこの二つの彼の信条にはあまり当てはまりません）、一つだけ残念なのは「歯」だと言う。

たとえ雑誌から抜けだしたみたいな完璧な様子の女性を見かけても、笑った時に歯並びが悪かったらそれ一つで幻滅なのだそうだ。

「何で親は早くから矯正させなかったんだろう!?」ということを、兄妹揃って幼少期の矯正経験者である彼は大変残念がるのだが、やはり日本では歯よりも口を閉じた時の美しさがある程度高水準だったらもうそれでいいじゃないか、という判断を未だにしがちな部分があるのではないかと思う。

しかも周りにブラジルやアメリカ並みの完璧な歯並びの人達が多いわけでもないし、歯がきっかけの差別が生じるわけでもないから、自分の歯並びが悪いところで別に何の危機感も焦りも湧かないし、好きになった相手だって歯並びが悪いことでその人を振ったりはそんなにないはずだ。

それと欧米人にとってタブーなのは八重歯。日本では「可愛い」と称される場合すらある八重歯も欧米では「ドラキュラの歯」等と称されて決して素敵なものではないのである。八重歯をチャームポイントにしていたアイドルの存在などは、欧米人には信じられないことなのかもしれない。

どっちにしても世界における美的基準が著しくグローバル化している現状を考えると、あと10年もすれば日本でも審美歯科へ行くことはかなり当たり前になり、日本人の歯の美しさは欧米並みになるのではないだろうか。

ちなみにうちの息子は生えてきた乳歯の前歯が見事な隙ッ歯だった。これは大人になった時に結構彼のコンプレックスになったりするんじゃないかと思って心配していたのだが、イタリアの歯科医師には「これは別に良いんだよ、むしろ可愛いじゃないの」と軽くあしらわれてしまった。その後永久歯に生え替わった時に隙間はなくなってしまったが、謎の残ったこの隙ッ歯への褒め言葉について後で調べてみたら例えばアフリカの国などでは前歯に隙間があった方がモテるのだそうだ。

何故だろうか。

知り合いでもフランスで前歯の隙間を褒められたと言う人がいるが、つい最近シャネルのモデルを務めたミック・ジャガーとジェリー・ホールの娘のジョージアもばっちり隙ッ歯なのだ。シャネルの宣伝に隙ッ歯モデルはあまりに意外でかなりの衝撃を覚えたが、八重歯はダメで隙ッ歯は逆に得点が高かったりするのも不思議な話である。

スタイルは母親似
唇は父親似
究極の隙ッ歯スーパーモデル
ジョージア・ジャガー

BOUEN NIPPON KENBUNROKU

【その二十二】

運動嫌いの応援好き。

YAMAZAKI MARI

私が仕事場として使っている居間には大きな窓があるのだが、ちょうどこれが道路を挟んで向かい側に建っているマンションのジムの正面に位置していて、朝起きてブラインドを開けるとミシガン湖やオフィス街の摩天楼群よりも先に、まずここで忙しく運動している人達の姿が目に入ってくる。シカゴに引っ越してきて今年の夏でちょうど一年が過ぎたところだが、窓から見える向かいのジムに通う人のうちの何人かは、今となっては私にとっても馴染みのある人達になった。私は朝5時に起きて仕事をするので、その時間帯にジムに来ているのはだいたい朝早起きのご老人達なのだが、ヘルシーなスポーツウェアを身にまとい皆いつもきまった場所の同じマシーンで懸命に体を鍛えている彼らの健康に対する姿勢は実にアメリカ的だ。

毎朝窓のブラインドを開けるたび、これらのご老体メンバーが揃っているかどうかを確認するのも私の日課になってしまったが、いつだったか、普段リカンベントバイクを漕いでいるはずのお爺さんを一週間程見かけない時があった。寝不足のギシギシの体でベッドから起き上がり、仕事に対する気持ちが全く前向きではない時も、窓の向こうに足をすっと伸ばしてバイクを漕いでいるしわしわのお爺さんの姿が見えると、たちまちやる気を喚起されていたものだったが、そんな彼の身に何かが起きたのではないかと思った途端に大きな不安に見舞われた。いくらアメリカ的とはいっても窓越しに見て年齢

週末になるとミシガン湖のほとりには、
アルコールを抜く目的の辛い様子の
ランナー達が集まってきます。
見ている方も辛くなります。
あんな思いするくらいなら最初からそんなに飲むなっての……
プハ〜ン
アルコール臭
ヒィ
ヒィ
ハァ
ハァッ
ハァ
ハァ
ゼェ
ハァ
プハ〜ン
ハァ
ゼェ

は少なくとも70代、体力作りへの無茶がたたって病院送りになったのに違いないと私は感じた。

しかし、おめでたいことに翌朝になるとそのお爺さんは元気にジムに戻っていらっしゃった。多分たまたまその数日だけ調子が悪くてお休みをされていたのかもしれないが、ジム仲間と楽しげに言葉を掛けあっている様子を見て私も安堵《あんど》し、その日の始まりをすがすがしい気持ちで迎えたのである。スポーツは、自分がやることには積極的になれないが、一生懸命に取り組んでいる人を見るのは心地がよいものだ。

私は運動をするのが大嫌いなので、スポーツ的なことは一切しない。歩くのは好きだし、肉体労働で必然的に体が引き締まるのならいいけども、スポーツを目的だけに体を動かしたいと思う気持ちがどこからも湧き起こってこないのである。それに、スポーツへの志向というのは私はそれぞれの家庭ないし社会環境が育むものだと思っている。家庭の中に誰か熱狂的なスポーツ支持者がいれば自然と感化されるのかもしれないが、私の家族には歴代スポーツを好む人間が一人もいなかった。アメリカに長く在住していた祖父ですら野球には興味を示さず、多くのご家庭で見かける居間の卓袱台《ちゃぶだい》の前に寝そべってビールをぐびぐびやりながらテレビで野球観戦している男の姿というものを私は一度も見ないで育ってしまった。なので、本当にお恥ずかしい話だが私は未だに野球のルールがよくわからないのだった。

　そんな私が、恐ろしいことに、先だってシカゴの日本領事館の総領事の計らいでメジャーリーグをこれまた野球がなんだかさっぱり把握できていない夫と一緒に見に行くことになってしまった。しかもただのゲーム観戦ではなく、ホワイトソックスのオーナー（バスケットのシカゴ・ブルズのオーナーでもある大金持ち）のスイート席に招かれての観覧なのだ。夫は額に冷や汗を浮かべてネットで急遽野球のルールを調べて私と一緒に恐る恐る観戦に挑んだのだが、人生初めての野球観戦を超デラックススイートルームで、しかもオーナーと一緒にするというのははっきり言って無謀極まりない行為だった。夫は対戦相手がバットにボールを当てたのを見て「あ〜、やっと球が当たった〜！」と思わず声を上げ、何度となくその場の空気を凍てつかせてしまった。

　幸いその日はホワイトソックスが逆転で勝ってくれたので、野球無知な夫の不作法もオーナーは温かく包み込んでくれたが、それでも夫は自分の失態をずっと根に持ち続けてしまい、それ以来野球というスポーツに対してとことん否定的な思いを抱くようになってしまった。

「サッカーなら、まだ人間が懸命に汗水垂らしてフィールドの隅から隅を走り回るし、その姿を美しいと思うこともある。だけど、野球の選手は体形も尻がでっかくてでっぷりしているし、ガムを嚙みながらのあの適当そうな態度も許せない！　こんなものはスポーツじゃないっ‼」

野球が定着しなかったヨーロッパには野球を理解できないという人が実は多い。サッカーが幅を利かせているせいで、野球的動きは見ていてつまらないと思ってしまうようなのだ。それは野球ファンが周りに一人もいなかった環境に育った私にとっても同じなのだが、だが先だってのようにスポーツ観戦が一種の外交の役割を成す場合など、相手の愛するスポーツを理解できないような態度を示すのはタブーな場合もあるのだと実感した。どこかのジャングルの未開地の村落に行っても、そこで歓迎の踊りを一緒になって楽しめなければもしかすると火炙《ひあぶ》りにされてしまう場合だって昔ならあったかもしれない、それと同じ道理だと思う。

しかし、イタリア人にしては珍しく誰一人としてサッカー熱狂者のいない夫の家族と、相撲すら見ないうちの家族はある意味稀有でベストマッチングな組み合わせと言えなくもないが、そんな我々家族もポルトガルに暮らしていた時には自然とサッカーへの熱意が生まれていた。イタリアも世界に名だたるサッカー大国なので試合がある日なんてのは誰もがテレビに釘付けだが、ポルトガルはいろんな意味でサッカーに国運をイタリア以上に募らせているところがあるから、試合があると本当に全住民が戦争の展開を追うように真剣に試合を観戦する。そして勝利した途端に窓の外には沢山の国旗が翻り、腹の底から歓喜の声を上げて猛烈に盛り上がる。うちだけ静かにしていると非国民だと思われかねないからと、夫はある日ポルトガルの旗を買ってきて、ベランダにそれを括《くく》り付けた。周りの喜びに同調できずに顰蹙《ひんしゅく》を買うのはなるべく避けたいと思ったからだった。すると近所の人達の私達を見る目も何やら今まで以上に熱い親近感を込めたものになっていった。正直、ポルトガルのように経済的にもユーロのお荷物的な扱いを受けている国がスポーツで頑張りを見せてくれると確かにそこには他よりも遥かにポジティヴでパワフルなエネルギーが生まれるように感じる。

今回のなでしこジャパンのワールドカップにおける勝利にしても同じことが言えると思うが、単なる勝敗を競う目的だけでなく、自分が一生懸命になることが誰かのためになるのだという自覚を持って動く人間は、太宰の「走れメロス」じゃないけどやっぱり人を心底から感動させるのだ。スポーツ嫌いの私も夫も、さすがにそこまで来るといとも単純に心を動かされる。たとえ自分達がどんなに運動音痴で運動不足であったとしても、スポーツをする人間の存在というのは古代から人間社会には欠かせないものなのかもしれない。

ちなみに夫は嫌々ながらも週に3回は水泳に通っているし、息子も毎週一度カンフー道場に通っている。今や家の中でスポーツを嗜《たしな》まないのは私一人になってしまったわけだが、取りあえずはマンションの向かいで運動する老人を眺めて満足できればそれで充分だ。いざとなったらどこかの農家に出稼ぎにでも行くか、肉体労働をして体を鍛えてみようかと思う。

BOUEN NIPPON KENBUNROKU

【その二十三】

しゃがむ。

YAMAZAKI MARI

若い頃からイタリアの中でイタリア人に囲まれて暮らしてきたせいで、一時期自分がアジアという地域の人種であるということを忘れそうになったことがある。

過去の記憶を辿ると、17歳でイタリアに渡ってから2年後に初めて一時帰国をした時、成田に到着した私は自分がいきなりディープなアジアの国に足を踏み入れたような猛烈な異文化感覚に直撃した。確かにあの時は様々な苦労が蓄積された怒濤の2年間をほとんど日本人にも会わずに過ごしてきていたし、国際電話もそんなに簡単に掛けられなかったために日本語によるコミュニケーション力が衰退し、信じられないことに日本語を喋ろうと思っても思い通りの言葉が思い出せなくなっているほどだった。それくらい自分のアイデンティティたるものを考えず、ただただ異国の地の風土にできるだけ適応しようと必死になって暮らしていると、人間という生き物は自分の元々の姿を忘れてしまうこともあるようだ。ただ自分の顔が他の人と大した違いのない平たい骨格でできているというのはトイレの鏡を見た途端すぐに自覚できたのだが、それにしても自分というのは本当に周りの環境に感化されやすい、あっけない人間なのだなとしみじみ思ったものだった。

しかし、もちろんそういった自分のアイデンティティが曖昧になるおかしな感覚は私のイタリアでの生活が根深く定着し始めるとどんどん遠のいていき、反比例するように自分の異国におけるアジア人度がどんどん強調されて感じられるようになっていった。

例えば歩き過ぎて疲れるとどこでもいいからその辺にしゃがみたくなるあの感覚は、欧米人にはない。しゃがむという動作自体が彼らの日常生活では床穴式のお便所とかを使用しない限りあり得ないらしい。だから私がしゃがむと周りにいる人は何やら恥ずかしそうに顔を赤らめ、「早く立ち上がりなさいよ！」と促してくる。しゃがんだ時のあの疲れた筋肉が収縮される素晴しい感覚をこの人達は知らないで生きているのかと思うと逆に不思議でならないが、とにかく彼らの生活習慣上存在しない動作なのだから仕方ない。

日本という国は他の諸アジア地域に比べて第二次大戦後にアメリカに占領された影響もあってか、顕著にその生活習慣やら日常のさりげない仕草までも欧米のマナーを基準にしたものへと変化させていった。大きく括れば生活習慣や動作や仕草だけでなく、モラルの捉え方までが欧米化してしまって、いろんな物事への考え方が古い時代の日本とはかなり画期的な変化を遂げてしまったように思うのだが、その傾向は今も留まるどころかますます強くなっていっており、下手をしたらヨーロッパの田舎の人達よりも日本の都会に暮らす人の方がよほどハイレベルのマナーを身に付けているようにすら思うことがある。

欧米人が滅多にしないポーズ
アジアの生き物は（人間も）、全体的に地上に対して垂直でいるのが、あまり好きではないというイメージが何となくあります……
……
しゃがむ
だら――ん…

　ある日うちの姑が皿の脇にこぼれたビスケットの粉を指でかき集めてそのままそれを口に放り込んでいるのを目撃した私はびっくりして、夫に「ちょっと、お義母《かあ》さん、あんなことまさか私以外の人前でもやってないよね？」と忠告したことがあった。マナーに厳しい西洋人たる女性にはあるまじき行為に見えて軽いショックだったのだ。今の日本の、ちょっとした厳しい教育を受けた人ならとてもじゃないがそんな真似ははしたなくてできないと思うだろうし、自分の子供がそんな行為をしようものなら厳しく叱りつける親もいるだろう。とにかく今の日本では人前での、子供のいかにも育ちの悪そうな振る舞いは避けさせようとする親が、昔に比べて俄然増えたように思う。そういう西洋風なマナー意識を持った親はきっと道端で子供が疲れたと訴えてしゃがみそうになるものなら、泣きわめこうが手を引っ張ってきちんと腰かけられるところまで連れていくだろう。

　でも、私は覚えている。たった20年ほど前まで日本には若者以外でもしゃがんでいる人はいたし、駅の構内には痰ツボも普通に設置されていて、そこにケーッと腹底から絞るような音を立てて痰を吐く人が普通にいた。道端で我慢できなくなった子供におしっこをさせる親もいたし、こじゃれたレストランでスパゲッティをズズとすすって食べるお嬢さん達も当たり前にいた。子供をおぶい紐でおんぶしながら歩いているクラシカルな様子のお母さんも沢山いた。なんだかわからないけど、日本人の行動は今よりもエネルギッシュでワイルドだったし、アジア世界共通の振る舞いが自然と生活の中から垣間見えていた。それが気が付いてみたら、日本はアジアで最も欧米的なマナーを組み込んだ生活様式の国になってしまったのだ。

今書いたような日常の振る舞いは現在のアジア諸国では未だ現在進行形で、ごく当たり前に人々がしていることだったりする。中国の街中ではおっさん達が痰を吐く音なんて左右からステレオ状態で聞こえてくるし、子供のズボンは股間が割れているからどこでも用が足せる仕組みになっている。何するでもなくしゃがんでいる大人なんてあっちこっちにいるし、田舎に行けば子供をおんぶしたまま農作業している女性も沢山いる。自分の中にも未だ滞っている日本の昔の原風景を、そのようなアジアの諸地域の様子と照らし合わせながら、外国の影響力が強く侵入してきた国とそうでない国の明らかな差を実感するのだが、でも日本に関しては日本人という人種がアジアの中でも独特の感受性を持った国民だからこそ、西洋のマナーを受け入れやすかったのではないかという気もしている。日本人には他のアジアの人々よりも、周りの人々に迷惑にならないようにとか、周りに恥ずかしくない躾《しつけ》を心掛ける欧米の人達のマナーというものがしっくり受け止められる、その基本的受け皿が元々あったのだろう。従来から清貧の意識や武士道やら、そういった凛《りん》とした精神性がすでに備わっているせいで、他のアジアの人達みたいに周囲を気にせず大声で喋ったり列を乱して横入りをしようとするような大胆不敵な性質には容易にならないのだろう。

しかし、そんな日本人の西洋人化について夫と喋っていたら、「まだ君の見解は甘いね」と指摘を受けた。彼曰く、日本人がアジア人だと思う要素は日常生活の中にも山のようにあるという。

例えば家の中に入った時。どんなに外ではマナーにうるさい家族であっても、家に入ると家具の上の隙間などに要らない箱などを積んだり押し込んだりしていたり、沢山の小物などがあちらこちらに溢れているのを見た時。

洟をかまずに啜《すす》り上げる人を見た時。

テレビで食べ物のレポーターが咀嚼中の食べ物が口の中に入ったまま喋っているのを見た時。

車の中にキッチュな縫いぐるみやお守りがぶら下がっているのを見た時。

足をぺたぺた引きずり気味に歩く人を見た時。

彼が挙げてきた具体例はまだいろいろあったが、とにかくそういった日本人に対する欧米人的な見方を示されると止むを得ず納得せざるを得ないものもあるし、またそういうアジア的部分が日本人の中にも生き続けてくれていることを自覚するのは、実は内心嬉しかったりする。中国でしゃがんでいる老人を見た時に湧き上がってきた何とも言えない安堵感は、欧米人にはない人としての穏やかな緩さを醸せるアジア人だからこそ感じられるものではないだろうか。咀嚼中の食べ物が楽しげに喋る口の中に見えていようが、洟を啜り上げようが、いくら不快な仕草だと言われても人なんだから仕方ないじゃないのという寛大さがあってこそのものなのだから、西洋人的マナーに固執するのもほどほどに、日本人も昔のようにアジア人的緩慢さをもっと表に出してみてもいいのではないかと思うこともある。イタリア人の姑がビスケットの粉を集めて食べているのは何ともみじめな構図だが、アジア人の私なら別に何の違和感も周りには感じさせないだろう。当然欧米人の前での振る舞い方は知る必要もあるし、臨機応変にその辺は上手く操作しなくてはならないとも思う。でも今では日本においても希少になってきたアジア人的緩いワイルドさを自分的にも失いたくはないと思う。

【その二十四】

想像力を刺激し、行動力を抑制する旅番組。

私の旅好きは恐らく幼少期に読んでいた本や当時のテレビ番組の影響によるものだと思われる。自分の理想とする人物像は定住地を持たない流浪の画家「裸の大将」こと山下清かムーミンの「スナフキン」だったたし、兼高かおるさんの「世界の旅」は毎週欠かさず見ていた番組だった。冒頭にかかるオープニングの「80日間世界一周」の夢見るようなBGMと大空に飛び立つ今はなきパンナム機に、私の心はもういてもたってもいられなくなるほど未知の世界への思いに掻き立てられたものだった。

当時子供がよく見ていた名作劇場などのアニメーションも考えてみればほとんどが海外の児童文学を元にしたものだから、オランダがどこにあるのか全く見当もつかない田舎の子供ですら「フランダースの犬」を見ることで登場人物の履いている木靴や水車といったものが特徴の国の存在を知り、ネロ少年が憧れていたルーベンスの絵画にまで親しむことができた。アメリカには可愛いアライグマがいることだとか、アルプスというチーズと白パンの美味しい美しい山々に囲まれた土地があるのだという事実を知ることによって、そういった地球上のいろんな場所に様々な思いを募らせることができた。とにかく私が子供だった頃のテレビの中は、世界への興味をことごとく刺激する内容でてんこ盛りになっていた。

そして、そんな具合に世界というものを巧みに紹介する日本のメディアのテクニックの高さは今も変わっていない。私は日本ほど世界のことを様々な視点から捉えた番組を沢山電波に乗せている国もそうないのではないかと思う。

イギリスのBBCも面白いドキュメンタリーならいくらでも作っているし、その他の国のいろんな局も、もちろん世界の諸地域に関する面白い内容の番組を沢山作っているとは思うが、そういうのを好んでついいろいろ見てしまう私の見解では、日本ほど手間暇かけて世界の隅々を映像に捉えて電波に流している国は思い当たらない。最近NHKのドキュメンタリー編集者と知り合いになったのをきっかけに、過去のものも含めていろんな番組のDVDをシカゴに送ってもらって大事に少しずつ見ているのだが、どれもこれも実際自分がそこに赴いたって決して知ることができないような内容ばかりで見ていてただひたすら驚くばかりなのだ。

ドキュメンタリー番組以外にだって、世界の知られざる不思議な文化や習慣を紹介するような番組だとか、車窓の旅だとか、未開地の奥地の村落にまでタレントをホームステイさせてみるとか、日本にいると本当に飛行機に乗らなくたって世界各地の様々な様子、現地の人ですら知らなかったようなことを知ることができてしまうのだ。昨今の日本人は旅行意欲が以前ほど旺盛ではないと言うが、もしかするとそれにはこんなメディアの影響も関与しているのではないかと思う。番組によってより外へ飛び出したい衝動が膨らむか、またはそれで満足してしまうか。視聴者の気持ちをはっきり区分させるのも日本の旅行番組の特徴かもしれない。私は明らかに前者なのだが。

数年前にやはりNHKが制作した中国の青海《チンハイ》省からチベット自治区の、世界で最高の海抜を走る列車のドキュメンタリーというのがある。中国や世界の様々な民族が様々な思いを抱きながら旅をしているその大陸横断列車の番組を私は感動のあまり今まで10回以上も繰り返して見てきたのだが、実は今回思い切って自分もその「青蔵《せいぞう》鉄道」なるもので旅をしてみることに決めたのだった。あの番組を見て「青蔵鉄道」に乗りたいと思った人は恐らく日本中に数知れなくいるだろうと思うが、今年の夏、いつもより長期間日本に滞在する機会を得た私は、中国の旅行代理店に問い合わせてこの列車の寝台席を調達してもらった。番組のDVDを見過ぎたせいでそれぞれの場面で掛かっているBGMは丸暗記してしまったし、列車内の構造もすっかり覚えてしまった。番組に出てくる乗客達の顔も旅行目的も完璧に記憶されていて、自分的にはもう何度もその列車に乗って旅をしたような気分に半ばなっている状態だった。

しかしその反面で沢山の月日と労力と体力を費やしてその番組が撮影されたのだという実情を全く推し量ることをしなかった私は、この鉄道の旅で初っ端からかなり現実的でシビアな展開に翻弄される顚末《てんまつ》となった。

まずこの列車のチケットというものが思っていたほど簡単には取れないものだった。特にちょっとした政府関係者とのコネと、原価よりも数倍高く払える経済力がなければなかなか軟臥《ルワンウォ》と呼ばれる寝台席のチケットを入手することはできない。旅中もドキュメンタリーの中で見覚えのあるシーンに遭遇してもそこに気持ちを盛り上げる感動的なBGMが流れるわけでもない。おまけに番組の中でも紹介されていた、標高の高いところを走る列車ならではのシステムとして高山病対策の酸素の供給サーヴィスなども完備しているのは事実だったのだが、私は明らかに海抜4000メートルを走行している辺りで突然具合が悪くなり、あとはすっかり寝台で寝たきりになって、同じコンパートメントの内蒙古からやってきた家族に看病してもらうという始末となった。なのでテレビで見たような自然保護区の希少動物もほとんど目撃できず、並行して走る道路でラサを目指して五体投地して歩くチベット族の姿を見ることもできなかった。ホテルにやっとのことで到達しても、すぐに医者の厄介になって点滴を打ってしばらくベッドからは起き上がれず、テレビの番組通りの旅が実現することを全く疑わなかった自分の単純さに対して底知れぬ腹立ちを感じずにはいられなくなった。そしてあの感動的に編集されたテレビ番組の制作の背景には、実は知られざる凄まじき労力と努力が注がれていたのだということを心底から実感したのだった。

でもこんな人騒がせな展開になったお陰で私は実に様々な人と知り合い、交流を深められたのも事実である。先述した内蒙古の家族のお父さんの職業は会計士だそうだが、個人的には相当の中国史オタクで、筆談用に持ってきた私のノートはチンギスハーンの話で興奮した彼の猛烈な筆圧の漢字のせいでボロボロになってしまうほどだった。片言の英語の喋れる娘を何度も小突いて自分の言いたいことをしっかりと私に伝えろと促す父親。最後には私がローマの歴史漫画（？）を描いているという話にまで至り、これも何かの縁だとラサに到達した時は家族のそれぞれと熱く抱擁を交わして別れたのだった。

最初に青蔵列車に乗り込んだ中国西部にあるエキゾチックな西寧《せいねい》という街で入ったイスラム料理のレストランでは、隣のテーブルに着いたチベット族の家族と知り合いになった。家族の中で一番若い青年に日本人かと尋ねられ、そうだと答えると自分の村もかつての地震でボロボロになったが何とかゆっくりと時間をかけて元通りになってきたから日本にもぜひ頑張ってほしいと声を掛けられ、思わず目頭が熱くなった。砂漠と岩に覆われた、それほど世界の情報も多くは届いていそうにないような多宗教民族が入り交じるそんな土地で、まさか東北の地震を気遣う言葉を掛けてくれる人がいるなんて想像もしなかったからだ。

また、ラサでスルーガイドをしてくれた漢民族の女性には自分の本職だからと私の名

チベット自治区ラサにあるジョカン寺で
五体投地をする女性二人(親子？)。
何はともあれ、余計な煩悩が一切排除された
美しい光景に沢山出会えた、
とても良い旅でした……

前の印鑑（チベット文字で）をわざわざ彫ってもらったりもした。一人で馬に乗って広大な自然保護区を一か月も旅をしたり、標高7000メートル級の山も何度となく登ったという逞しさ溢れるこのガイドさんは、高山病で体中が痺れて動けなくなった私のそばで手を握って一晩中看病してくれたのだった。それも確かに彼女の仕事のうちではあるのだが、一人病に倒れて心細い時に、自分の手を握ってくれる人がいるのといないのとでは大違いである。

チケット入手の困難さや高山病の恐ろしさなど、確かに思いがけない事実も沢山この旅には盛り込まれていたが、テレビでは知ることのできない生々しく温かい感動も実は沢山あるわけで、これらはやはり番組の情報からだけでは得られなかったメリットでもあり、どんな苦労にも代えられない。テレビ番組に煽られた単純な私と言ってしまえばそれまでだし、体力も精神力もお金も時間も消耗したけれど、結果的にはその衝動のお陰でそういったものとは天秤にかけられない尊い宝を持って帰ってきた気持ちで私は満たされた。高山病からやっとの思いで回復し、そこで見た標高7000メートル級の山々をバックにしたチベット高原の真っ青な湖の美しさは死ぬまできっと忘れることはないだろう。そして、全ては旅番組のお陰だと言っても過言ではない。

長く鎖国が続いたからなのか、孤立意識を持ってしまいがちな島国だからなのか知らないが、とにかく日本の世界の旅番組やドキュメンタリーというのは格別の質だと思う。表面的にはどんなにささくれていても、現実世界の中に潜むであろう地球の持つべき本来の素晴しさを的確に捉えた番組の数々。そしてそんな番組を制作するために、どんな努力も惜しまないスタッフの情熱と勤勉さには感服するばかりだ。

BOUEN NIPPON KENBUNROKU

【その二十五】

平和の仮面を被った
ちょっとした犯罪国。

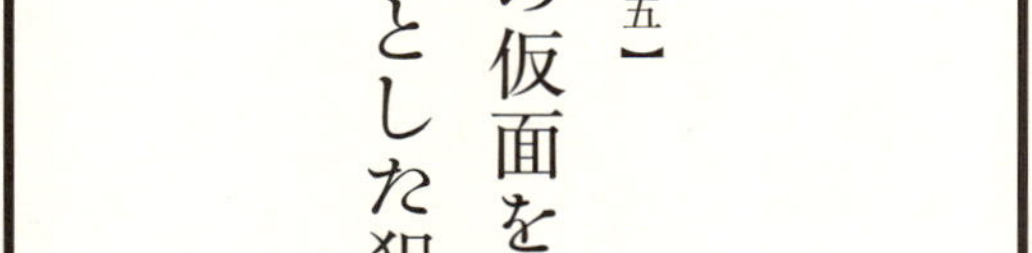

YAMAZAKI MARI

以前ブラジルを訪れていた時、サルバドールという北東部の都市で多国籍の参加者を集めた現地ツアーに申し込み、古き植民地の面影を色濃くとどめた素晴しき世界遺産の街を見て回ったことがある。ヨーロッパの国でも南と北の経済的格差が顕著な場所はあるが、ブラジルも緯度が赤道に近くなればなるほど経済的に苦しくなっている事実がこの街でもありありと窺えた。世界遺産にもなって常に内外からの観光客が絶えないお陰で観光収入だけでも街の財政を賄うことはできているそうだが、その分やはりどこの観光地でも同じように観光客を狙った詐欺や盗難などの犯罪が増えるというオマケが付く。

私はリオやサンパウロに暮らす現地の友人達から、このブラジルを代表するエキゾチックな観光地を訪れる時は、くれぐれも何らかのトラブルに巻き込まれないように気を付けろと耳にタコができるほど言われ続けていた。だからかなり身も心も引き締めて、街の中で枯れ枝のように痩せ細った子供が10人くらい群れになって物乞いに来ても、隙を見せるきっかけにもなりかねない同情を決して表に出すことはしなかった。心で「ごめんよう……あんた達がそんなに辛い思いをしているのに私ったらふらふら観光なんかに来て……」と何度も何度も許しを求めつつも、私は意気揚々とカメラのシャッターを押しまくるアメリカ人やヨーロッパ人達に混じって観光を続けていた。

お昼ご飯を終えてバスに乗り込もうとしていると、我々のグループのガイドを務めているアフリカ系の青年が私のところにいきなり駆け足で近寄って来た。何事かと思っていると、いきなり「あなたは今晩何か予定が入っていますか？」と問いただされたのだ。正規の旅行会社に雇われている3か国語をもこなす敏腕のガイドだから真っ向から怪しむことはないのだが、如何せんここではどんなことも起こりえると思い込んでいるので、何と返事をしたものかと、心中の狼狽《ろうばい》が露出してしまうのをどうしても隠せない。

「いや、誘惑しようってんじゃないですよ」と萎縮した私を見てその青年は真っ白な歯並びを三日月形に晒《さら》しながら爽やかに微笑《ほほえ》んだ。「実はちょっと……大変申し訳ないのですが、あなたが日本人だと聞いてお願いがあるのです」

話を聞くと、そのウィルソンという青年は少し前にとあるルートでプレステ用のサッカーゲームを調達したのだが、日本製なので説明書も全て日本語で書かれていて使い方が今一つ把握できていないと言う。つまり私に、彼の家まで行ってその説明書のわからない部分を訳してはくれないか、というのがお願いの内容だった。それでもなお怪訝な顔をしている私のそばに同僚の同じくアフリカ系の恰幅の良い女性がずかずかとやってきて「ウィルソンはサルバドールのガイド界でも屈指の良い奴だから安心していいわよ。ヘンなことなんかしやしないから、彼のお願い聞いてやってよ！」と私の肩をどんと強く叩いた。自分の思い込みかもしれないのだが、なんとなくその叩き方に「我々を不必要に警戒するな」的な意志を感じ、私は「わかった」と返事をするしかなかった。

夕刻になって一通りのツアーを終え、多国籍の参加者をそれぞれのホテルまで送り届けた後に私とウィルソンだけがバスに残り、そのまま彼の家まで送ってもらうことになった。バスは市街を抜けてどんどん荒んだ様子の住宅地の中へ入って行き、やがて道も舗装されていないバラックがズラッと並んでいる、どう見てもファベーラ（ブラジルの貧民街）と呼ばれる集落の入り口で降ろされたのだった。私は空色のノリの利いた清潔なポロシャツを身にまとった3か国語をペラペラ喋る知的で精悍なその青年と、彼の暮らしのバックグラウンドが全くマッチングしなくて戸惑った。そういう場所にはもっとボロボロの人ばかりいるものだと思っていたからだ。

ひとまず私は彼に促されるままコンクリートのブロックとベニアで造られた彼の家の中に入ったのだが、すぐに中から可愛らしいお嬢さんと別嬪《べっぴん》さんの奥さんが出てきて、よそ者の私を一抹の躊躇《ちゅうちょ》も見せずに満面の笑みで歓迎してくれた。そして「何もないんだけど」と言って、搾りたてのマンゴージュースを出してくれた。私はそのすこぶる美味しいマンゴージュースを飲みながらウィルソンにゲームの説明書を何とか翻訳し、気が付くと時間はもうほとんど深夜になっていた。知りたかったゲームの操作や機能を満遍なく理解したウィルソンはたっぷり私にお礼を言うと、「今からあなたをホテルに届けてくれる人を探して来るよ！」と言って外へ出て、間もなく汚い軽トラと一緒に戻って来た。「この人が送ってくれるから！」とウィルソンに促されるまま、私はその軽トラの荷台に乗って街中の宿泊中の4つ星ホテルまで帰ったわけだが、車寄せで待機していたボーイさんがいきなりそこへ入り込んできたこ汚い軽トラの荷台から降りて来る私を見て仰天し、「何があったんですか⁉　警察呼びますかっ⁉」と駆け寄ってきた。

「別に何もありませんよ、送ってもらったのです」と素っ気なく答えてそのまま部屋に戻ろうとする私の後ろ姿を茫然と見つめているボーイさんの姿がロビーの中にある鏡に映っていた。彼は私が何かの犯罪に巻き込まれたとでも思ったのかもしれない。

その話を後でブラジル人の友人にすると、全員が「あんた、猛烈にラッキーな人だね」と口を揃えて言うのだが、もちろん中流階級以上の暮らしを生まれた時からしている彼らがファベーラを訪ねたことは一度もない。ファベーラと言えば頻繁にニュースで伝えられるように麻薬とその他の犯罪の巣窟であり、観光客はおろか、現地の人ですら滅多に足を踏み入れることは許されない危険地帯なのだ。そこへぷらぷらと出かけて行って、マンゴージュースをごちそうになりトラックの荷台に乗せられて平然と帰って来た私は確かにラッキーだったかもしれないが、正直世界のどこにでもファベーラと性質は違っても恐ろしい場所なんてものは存在し、そこに暮らす人はそれを無視し続けて生

この絵より、確かもっと
ボロボロの軽トラで、
中心部の4つ星ホテルまで
送ってもらいました☆
えーっ
ただいま…
ぶおおぶ　おご

きて行くわけにはいかないのだ。

今住んでいるシカゴだってサウスサイドと呼ばれる南の地域では毎日誰かが殺されているという。安全だと言われている私の暮らすダウンタウンですら、歩道には数メーター置きに緊急時の警察への連絡用装置が取り付けられていて物々しい。イタリアでも南米一治安がいいと言われるキューバでもアジアのリゾートでも、私自身普通の場所で危険な目に遭った経験が何度かあるので、ブラジルだから犯罪国だと騒ぎたてるのも何となく納得がいかないし、自分の国である日本ですら、昨今では平和の仮面を被ったちょっとした犯罪国ではないかと私は思っている。

普段は別にアメリカやブラジルのような拳銃やナイフで人を脅迫するようなダイナミックな危険に遭遇することはそんなにないけれども、精神バランスの崩壊が理由としか思えない犯罪は一向に減る雰囲気ではないし、特に外国に暮らしていると信じられないのは「オレオレ詐欺」など年配者を狙った知能的犯罪の数々だ。

このオレオレ詐欺の話を外国人にすると皆一様にびっくりする。いくら親が年を取っていても、息子じゃないということは声や喋り方の違いでわかるはずだ、というのが彼らの腑に落ちない理由なのだが、確かに毎日最低一回は息子と連絡を取り合っているうちのイタリアの実家（特に姑）にはどう考えてもオレオレ詐欺は通用しない。これはまさしく親子関係が疎遠になりがちな日本だから成立する犯罪であって、家族がしょっちゅう電話だ何だで繋がっているような国では絶対に有り得ない犯罪の一つだ。

日本ではシロアリの駆除だ、リフォームだ、電話のリース（これにはうちの母も引っかかった。電話とインターネットを設置するのにびっくりするような高額のローンを組まされるのである）など、ついつい人を信用してしまう日本人のお人好しな習性を操り、しかも莫大なお金を不当に稼ぎつつも上手く違法にならないやり口を使っている悪徳商売もテンコ盛りで、日本での暮らしも今や平穏とは言い難いものになってきている。でもこういった日本の物騒さは、考えてみたらひとまず家族付き合いさえ疎遠にならぬよう保っておけば、少しは解消できることなのではないだろうか、という気もする。

ブラジルのファベーラは確かに見るからに貧しさどん底の場所だし、危険な空気も漂ってはいたが、家族やご近所との繋がりはしっかりと存在する。お金がないからシロアリがわいても別に駆除しようとも思わないだろうし、リフォームなんてベニア板でなんとかなる。電話をリースしますなんていう胡散臭いセールスマンもそんな電話線さえ引かれていない場所へはまず寄りつかない。

平和かどうかはもはやそれぞれの国の経済的な背景等関係はなく、自分達が個人的にそう思える環境を見極めていくしかないようだ。

【その二十六】

ドSな吹き替えに脅かされる民。

子供の頃、私はテレビでインタビュー等を受けている外国人の喋り方が一様に横柄なのに、いつもある種の違和感を覚えていた。映画自体が大袈裟な吹き替えになっているのはそれ自体が「劇」だからいいとしても、素顔の俳優のその話し方さえも、吹き替えで聞くと大抵謙虚さやへりくだりとは程遠い劇的に横柄な口調になっているのが不思議でならなかった。なぜなら、当時私の周りにいた外国人でそれほどでかい態度をとるような人は誰もいなかったからだ。

北海道でオーケストラの仕事で忙しかった母は私と妹をたまにドイツ人のフランシスコ会系修道士達のいる教会に預けていくことがあった。私がヨーロッパ世界との繋がりを人生で初めて持ったきっかけはそのドイツ人修道士達との交流だったわけだが、彼らは聖フランシスコの清貧概念を全うする実に心の清らかな人達で、ほとんどが日本での滞在年数の長い経験豊かな老人達だった。そんな彼らの話す日本語は実に流暢で、しかも彼らの人柄そのものを反映するかのような清楚で丁重なものであり、決して自我を相手にぶつけてくるような不躾な言葉は使わなかった。

音楽家であった母が家に連れて来る外国の演奏家達も、日本語は喋らないものの礼儀は正しく、私には理解できないその場で交わされているそれぞれの言語からだって、彼らのそこに招かれている感謝と敬いの気持ちがしっかりと染み込んでいるのが感じられた。私の知る限りの外国人は誰一人として、テレビで吹き替えられるような言葉遣いはしていなかった。

しかし、なぜ日本では、外国との接点が当時よりも遥かに密接になっているはずの今現在に至るまで、メディアを通すとほとんどの外国人はあのような口調に吹き替えられてしまうのであろう。雑誌のインタビューなんかでも確かに見るからにお上品な年配者などには配慮がなされてはいるが、俳優やミュージシャンだけでなく海外のテレビ番組の司会、街頭の通行人のインタビューに対する答えに至るまでほとんどの人達が敬語や必要最低限度の礼儀なんて全く念頭にない話し方になっているように思う（ちなみに同時通訳はこれに値しないけれども）。

例えば有名な俳優のインタビューなんかはこんな感じの喋り方となって私達に伝えられる。

「もっと答えやすい質問をしてくれないかな？　うん、そうだね、それならいい。ありがとう。つまり僕がどうしてこの世界に興味を持ったかってことだろ？　簡単には説明できないけど、でも今は自分の仕事にはとても満足しているよ。そりゃそうさ、子供の頃からの夢だったんだから！　わかるだろ？」

もし、日本人の俳優でこんな風にインタビューに答える人がいたら、物凄いバッシングに遭うことは確定的だ。もしかしたら、これが例えばジョージ・クルーニーの答え方なら皆素直に納得してしまうかもしれないが、そうでもなければ沢山の人達が引き潮のようにその人の周りからは引いてしまうことになるだろう。「してくれないかな？」とか「そうだね」といったような、インタビューアーに対して旧知の友達のようなこの恐ろしくフランクな口調は、今や日本では各メディアにおける外国人吹き替え専用の言語として、こういう風にしなくてはならないという暗黙の規則になってしまっているのだろうか？

女性の場合もそうだ。

「もっと答えやすい質問にしてくれないかしら？　つまり私がどうしてこの世界に興味を持ったかってことね？　云々……」

「かしら？」とか「ってことね？」なんて、どう考えても質問している側が見くびられているとしか思えない高飛車な様子の答え方に感じられるが、多分実際は、彼らはもっとへりくだって受け答えをしているはずなのだ。

勿論、アメリカみたいな大らかな国で育った人であれば本当にこんな感じで他人と接してしまうフレンドリーな人もいないわけではない。アメリカの英語自体が他国の言語に比べるとそれ程日常使うべき敬語にうるさくない言葉であることは確かだ。学校の教師であろうと、警察官であろうと、エレベーターで出会った初対面の人であろうと、アメリカの人は分け隔てなく誰にも同じ調子で口を利いているように見える。

しかし、たとえ同じ語並びの言葉を口にしたとしても、身なりの良い高齢の礼儀正しい婦人が10代の若者と同じように「ねえ、グラントパークってどこお？」みたいなニュアンスで話しかけることはまずないだろう。そういう場合は道を訊かれた警官もその婦人の雰囲気と言葉の抑揚でそれを敬語と受け止めるはずである。

要は吹き替えもそれらの人達の態度や雰囲気、俳優の場合なら配役のイメージなどによって判断されているのかもしれないが、正直どこかで誤解を生み出していることはありそうだ。

先日ネットで見た日本で紹介されているＢＢＣのドキュメンタリーも、ジャーナリストが何やらハリウッド映画の吹き替えみたいな喋り方をしていた。アフリカの村落でそんなジャーナリストから質問を受けたよぼよぼの老婆も、苦渋がたっぷり塗り込められた劇的な口調で自らの貧しい暮らしを語っていたが、果たしてあの老婆は本当にあんな抑揚のある話し方をしていたのだろうかと思う。表情や口元はもっと淡々と力なく動いていただけに見えたのだが、言葉遣いだけでなんとも受ける印象が変わってしまうものである。

どんなに丁寧な言葉遣いでも、この姿勢だけで日本語の翻訳は
多分こうなります……
ああ、今回の撮影は本当に楽しめたよ！
もちろんさ！
ハハ

ひょっとして、未だに日本人にとっては、外国人というのは一様に自分達以上に感情豊かな言葉を使う人々か、またはその多くが上から目線的な態度を取る人達なのだという思い込みが何気に蔓延《はびこ》っているということなのだろうか、と暫く私は思っていた。ところが、それは何も外国人に限ったことではないことがこの間判明したのだ。

実は先日、とある編集者が私との対談をテープから起こした原稿を確認してほしいと送ってきたのだが、それを見た私は思わず固まった。その編集者によって文字にまとめられた私の口調の横柄さたるや、外国人の吹き替えどころの騒ぎではない。このインタビューを読む私を知らない人達がきっと「ヤマザキマリって阿婆擦《あばず》れなの⁉」と軽い不快感すら覚える可能性を感じ取った私は、即座にその語り口調をいつもの自分らしい感じに訂正したのだった。しかし、実は編集者の目には私という人間は「留学中にさあ、カネはなくなるしさあ、ほんと参ったよお、がははは」といった口調の阿婆擦れタッチで映っているのかもしれず、私が一生懸命に自分で自分らしいと信じている言葉遣いに訂正したところで彼には「何かっこつけてんだよ、これ誰だよ！」と思われてしまうかもしれない。だが同時期に別の出版社の編集者がまとめてくれた私のインタビューは大変お上品に仕上がっていた。前者の編集者は私の苦労に満ち満ちた海外経験を熟知して接しているため、恐らく私がどんなに普通の日本語で話してもそんな風には彼に伝わっていないのだろう。

「ヤマザキさん、イタリア語で喋るとより一層声が低くなって怖いな」とは沢山の日本人から言われることだが、でも私は決して周りが想像するような下品でふてぶてしいイタリア語を使っているわけではない。なのにそういう印象をどうしても与えてしまうのはやはり外国語に対する表層的なイメージが先行してしまうからなのであろう。女の喋るイタリア語、イコール裸足《はだし》で男を蹴り飛ばすナポリ女のソフィア・ローレン、みたいな感じで。

とにかく、外国人というのは私達が思っているほどフランクな口ばかり利く人種ではないということをそろそろきちんと意識した、できるだけナチュラルなインタビューの翻訳やら吹き替えなどを見てみたいと私は思う。

【その二十七】
大和撫子が強くなっても、日本男子は弱いまま。

本当かどうかは知らないが、デンマーク人の友人曰く、彼女の国では男性が料理を作れないと女性は結婚してくれないのだそうである。付き合い始めて暫く経ったらまずその男性を家に呼んで料理をしてもらい、味はともかくとして献身的に家事などもしてくれるタイプなのかどうかを審査するのだそうだ。実際彼女のご主人もサンタクロースのような髭をたたえた巨漢のもっさりしたオッサンだが、昼間はきちんと自分の仕事を全うしつつも夜は料理を作ったり洗濯をしたりして妻をしっかりとサポートしている。そしてこのご主人の甥っ子も、腕に「DEATH」という文字と髑髏《どくろ》の刺青《タトウー》を彫り込んだ普段は工事現場で働くスキンヘッド野郎なのだが、これまた奥さんの前ではご飯の支度をするだけでなくエプロン姿で後片付けまでしていたし、小さい二人の子供の面倒も全身全霊で見ているのだった。デンマークでは本当に男性がそれだけ家事に対して献身的な姿勢を見せないと、女性には相手にされない可能性があるのだということが、その二人の生活を見ただけでもしっかりと把握できたのだった。

かつて私がまだイタリア帰りのシングルマザーで、結婚などという経験を踏んだことも踏む予感すらなく、地方局のテレビで旅のレポーターをしていた頃、日本へ仕事でやって来ていたこのデンマーク人達と日本のテレビ局に勤めている人達とで一緒にご飯を食べることがあった。仕事も終盤を迎えて役目を全うできた安堵も手伝ってなのか、普段からスピリッツなぞという恐ろしく強い酒を平気で何杯も呷っているデンマーク人達の、その場でのアルコール摂取量は半端なく、しかも昼間はあんなにわき目も振らず真面目に働いていたはずなのに、酔いの制御すらしなくなっていた。制御しなくなったと言っても大暴れするわけじゃないからいいのだが、とにかく皆、昼間の寡黙さからは想像もできないくらい饒舌になってしまったのである。そしてその時の話題のフォーカスがなぜか私という存在に当てられてしまい、ちょっとばかり大変な目に遭った。

デンマーク人の女性が、何を思ったかいきなり手にしていたグラスを机に叩きつけるように置き、その場に立ち上がって全員の静聴を促したのだ。

「わたし、疑問に思っていることがあります。なぜマリは独身なのですか⁉ こんなに男性が沢山いる場所で働いていて、この経験豊かで子供も一人で育てている、そんな頼りがいのある逞しい女性を妻にもらいたいと思っている男性が一人もいないのはおかしくないですか⁉」

その場にいた楽しい酔いの心地に身をゆだねていた人々は硬直した。いきなり何を言い出すかと思ったら、それである。しかも彼女の発した「頼りがいのある」という日本では女性への形容として滅多に耳にしない表現に、その場にいた日本の男性達は思わず消化不良を起こしかけていた。

「デンマークだったら、こういう女の人には列ができますよ！　ね、あんたそうでしょ!?」と隣の巨漢の旦那に半分どなり声で同意を促す彼女はまさにバイキングの血を色濃く受け継いだ、大きくてがっしりとした力強い女性である。そんな女傑からいきなり「あんたはどう思ってんのよ、さあ言ってみな!!」と答えを強いられたらそれはもう危機に瀕した虫のように萎縮してしまうしかない。

可哀想に、その場にいた一番気の弱そうで人の好い既婚者の日本男性は、気をつかってその場のバイキングが支配してしまった威圧的空気を和らげようという計らいからなのか、自らたどたどしい英語で「オウ、イエース」などと両手を広げておどけて見せ、そして「ビコーズ、マリ・イズ・トゥーマッチ！」と満面の笑みで答えたのだった。しかし周りの人達はすでにその返答によるバイキング女傑のリアクションを見越しており、一斉に蒼褪《あおざ》めていた。

その答えを聞くや否や、女傑は固く握ったこぶしをテーブルに叩き落とした。「ホワイ!?」とその男性の顔を振り返り、「日本の男性、理解不能!!」と再び周囲をぐるりと見渡しながら言い放った。「あんた達は幼稚でおとなしくって従順なお子様みたいな女しか選べないへっぴり腰ですね!!」

でも、私は一連のそのやりとりが終わったあとに、自分でも「いきなりシングルマザーを嫁にもらうのは付随してくる問題も踏まえると本当にエネルギーのいることだから、日本のような社会ではなかなか勇気のいることだし、それに私も別に結婚したいわけではないから心配しなくていいんだ」と彼女の憤りをなんとか中和させようと試みた。恐らく彼女自身、日本へ来てからというもの周囲のこぎれいで楚々とした美しい日本人女性の美徳というものに免疫がなかったために、毒気の強い物を食べてしまった時のような状況になっていたのかもしれないと私は思った。

その時、腕にDEATHのタトゥーの甥っ子が「俺達なんか、逆にハードル高そうな女連れて歩いた方が男の格が上がるってもんだけどね」と口を挟んできた。「強そうで、男なんかいらないわよ、みたいな女をモノにできた時こそ、その満たされた征服感といったらないいじゃないですか！」と嬉しそうに笑う甥っ子だったが、それはそれでとてもわかりやすい原始的な論理でもある。確かに最近日本人の俳優をやっている友人で、やはりシングルマザーのバリバリの女社長を嫁にもらった人がいたが、それはそれで「やるな！」と双方に対して思ったものだった。彼にはそんな征服オーラを放ちたい意欲など全くなかったようだが、最終的にはいきなり小学校5年生のお父さんになってその役割を全うしているわけだから、それはとっても頼もしいと思う。

逆の立場で言わせてもらえば、私やその女社長みたいに仕事を持って自分で経済面も賄えている女にとっては相手に対しても大した条件など付けなくなり、最終的には男として何をしてくれるかという注文よりも、人間として一緒にいて心地よく触発し合えるか、一緒に人生楽しめるかという次元のものになってしまうのだと思う。

デンマークの女達はだから付き合った男を家に呼び、どれだけ女や男ということを意識せずに、人間として一緒にいて楽しいかどうかというスクリーニングを、彼らの姿勢を通じてするのかもしれない。

そんなデンマーク人達の民主主義的な見解とは大きくずれるが、極めて原始的な顕示欲として「容姿的」にハードルの高い女を侍《はべ》らせたいというのが見え見えな男といえば、イタリアのベルルスコーニ首相である。ここ数年やたらとその手の話題に事欠かず、やることなすこと首相という民衆の代表者であるポジションなどあってもなくてもどうでもよい、といった行動でお騒がせ中のベルルスコーニだが、最近の一番のネタは2011年に差し掛かる年越しの時に一気に11人のモデル級の抜群のスタイルと美貌を誇る美女をベッドルームに連れ込み、そのうちの「8人と関係を持った」と知人に自慢している電話が警察に盗聴されていたことである。70代半ばの爺さんが、一晩で8人の美女と「関係を持つ」という驚くべき事実にイタリア中の人々が腰を抜かしそうになったが、いくらなんでも誇張ではないかという噂が幅広い年齢層の男性を中心に広まり、最終的にベルルスコーニは隠しきれなくなって「あれは冗談ですよ、本気にしないでください」と笑ってごまかしたのだそうだ（でも11人の美女がベッドルームにいたのは事実らしい）。

それにしても、あのニュースがイタリア中を駆け巡ったあの一瞬、たとえベルルスコーニがどんなに国の代表者として見合わぬ悪さをやりまくって内外で最悪の評判を募らせていても、一般男子には手の届きそうにもない女性をそれだけモノにできる体力があるのなら容易に彼を引きずり下ろすわけにはいかないのではないかと、多くのイタリア人達の脳裏にきっとそんな思いが過《よぎ》ったのではないだろうか。

そんなわけで欧米では、比較的凄い女をモノにするということで男は自分のステイタスを上げる志向が存在する。しかしそれは日本ではちょっと考えられないことでもある。日本の政治家がベルルスコーニみたいに、民衆からの信用をすっかり失ってさえも彼を取り巻く沢山のモデル級美女の存在で原始的ボスの風格を何気に放ってみるということは、恐らくこれからも色んな意味で有り得ないだろう。

素敵なバイキングの女性。
男の株を上げるにはこんな人をお嫁さんにもらいましょう！

【その二十八】

それいけ セクシー ナデシコジャパン。

YAMAZAKI MARI

今何かと物騒な中東のシリアだが、私はかつて家族で数か月間この国に暮らしたことがある。イスラム文学の研究をしていた旦那が数あるアラビア語圏からシリアのダマスカスを仕事の拠点に選んだ理由には色々あるのだが、私は引っ越すまでシリアという国についても世界最古の都市と言われるダマスカスという首都に関してもこれっぽっちの知識も持ってはいなかった。イスラム教の国であるから人々は一日5回はメッカに向かってお祈りをし、豚肉は食べられず、女性はなるべく露出の多い服装は避けねばならないなどといったことだけとりあえず知っておけば充分だろうという、その程度の認知度だった。

しかしこのシリアのようになかなか情報の入って来ない国に対して抱くステレオタイプなイメージというものは所詮安直なもので、やはり現地に行かなければ感じられない実態の多様性には決して追いつかない。日本と言えば「フジヤマスシゲイシャ」みたいなイメージを抱く外国人はまだ大勢いるけれども、実際のニッポンはもっともっと複雑怪奇なものである。

シリアへはまず旦那が暮らしていたエジプトに短期間滞在した後に移ったのだが、同じイスラム圏なのにエジプトのような砂っぽくて騒然とした雰囲気が感じられず、空港に着いた途端私はまずこの国の女性の美しさに目を見張った。エジプトでは振り返りたくなるような別嬪さんにお目にかかることはなかったが、シリアの女性は全体に色白な人が多く、濃いまつげに縁どられた大きな瞳が印象的だ。目の色も様々で、顔だけが出るようになっているスカーフやヴェールさえ被っていなければ欧州の人間とほとんど変わらない容姿とも言える。顔しか露出が許されない分、目や眉毛などの化粧に力が入るのかもしれないが、元々凹凸のはっきりした顔だから多少の厚化粧も気にならないのである。いやむしろアラビアの女性といえば何となく目元に力を込めた化粧をしているのが当然というイメージもあるし、厚化粧をすることによってより一層見つめる人を引き込んでしまいそうな深い妖艶さを増すのである。

そんな美しいシリアの女性だが、日常屋外などで目にする限りイスラム圏の女性らしく全体的に皆さん謙虚で、女の子同士でつるんで歩いていても決して派手に声を上げたりふざけたりといったような振る舞いはない。日本でも一世を風靡したテレビドラマ「おしん」がイスラム圏でも流行ったという話は前にも触れたが、やはりこういった国々では未だに女性は控えめで忍耐強く、日常生活の中で男性の上位に立とうという意識は強くない。

「それにしてもシリアの女性を見ていると胸が高鳴るなあ」とダマスカスに引っ越してきてからやたらと表情を蕩けさせている旦那。やはり美しくて静かに男性のために尽くす女性のオーラに万国の男どもは弱いのかと思っていたら、何やらそれだけがシリア女性に対する胸のときめきの要因ではないことがわかってきた。

イスラム教を信仰しているシリア女性（キリスト教信者は例外）は、皆顔しか見えないほっかむりに、くるぶしまで隠れそうな丈の長いコートや上着を着ている。ところがある日、私は街の中で自分の前を歩いていた女性のコートの長いスリットから、物凄いピンヒールの膝までの漆黒のブーツに網タイツが覗《のぞ》いたのを見逃さなかったのである。

コートの下はまさか女王様風ボンデージなのだろうかというとんでもない想像に、同性である自分でさえドキドキしたが、母親らしき女性と一緒に歩いていたその女性は下着屋の前で立ち止まってそこに陳列されているブラジャーやパンツを印象深い眼差《まなざ》しで吟味し始めたのだった。

ダマスカスの街は確かに引っ越してきた当初からやたらと女性用の下着屋の多い街だなあとは思ったが、そこに売られている下着というのも実際半端ないデザインのものなのだ。透けてるやつからアニマル柄、ファー付き、やたらと穴が開いているもの、そしてパンツの前の三角部分にウサギのぬいぐるみがついていたり、ひまわりの造花がついているようなものもある。我々のイマジネーションの限界を超えたものとしては、三角部分におもちゃの携帯電話が貼りつけられたTバックというのがある。全く驚くべきフ素敵なシリアの下着。
あなたなら、どれを選ぶ？

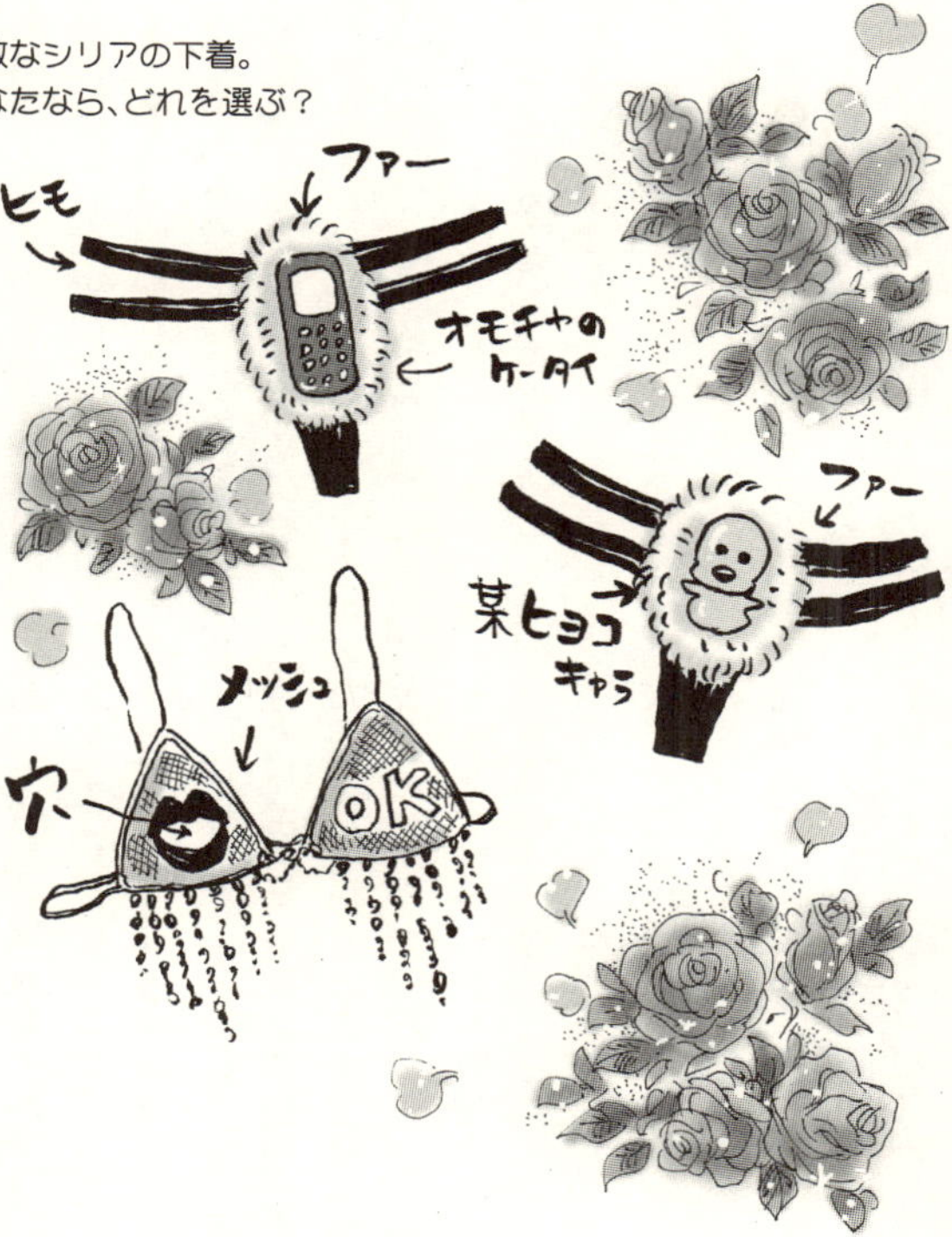

アンタジーである。私はそういった不思議なパンツのもたらすべく効用について家に帰ってから暫く考えてしまったのだが、旦那の分析によると、イスラム圏では子孫繁栄が大事だから妻は自分の夫が何時でもその気になれるように、携帯パンツなどを穿いて努力をしているのではないかということであった。携帯電話が何故にエロティシズムと結びつくのか全くの謎だが、とにかく脱いだ時に夫を盛り上がらせるのは妻の大事な役割だということは察することができる。シリア女性を見ていて彼女達が物凄く女性っぽく感じられるその理由には、間違いなくそういった秘めたるセクシュアリティーがどこからともなく放出されているからなのだろう。隣国のレバノンでセクシー下着の有名メーカーである「ヴィクトリアシークレット」のファッションショーが開催されたというニュースを見たことがあるが、画面に映った最前列を陣取る観客が全て男性だったのも印象的だった。

シリアのように、女性はそれぞれの国で様々な社会的背景に対応する独特なセクシュアリティーを醸しているように思うが、逆に解釈するなら、色んな国の女性を見ているとそれぞれの国の社会的バックグラウンドが垣間見えてくるものである。

ブラジルやキューバなど、ラテンのどっぷりと深い情愛とアフリカの激しさが融合してしまった文化の国々でも、顔といいスタイルといいこの世の物とは思えない造形美の女性に出会ったりするが、彼女達のセクシーさはやはり男性優位の国々とは全く違う開放的でパンチの利いたものだ。露出の多い服を着ていても、態度が堂々としているからセクシーでも陰湿な感じは全くない。服を着ていても脱いだ時の様子というのがすでに想像できてしまう感じだし、彼女達も裸は美しいギリシャの女神の彫刻を目の当たりにした時と同じように目で愛でるもの、と思っているところがある。実際以前イタリア人の男性が「女性を見るのとミロのビーナスやボッティチェッリの絵を見るのとでは僕には何の差異もない。とにかく美しいものは慈しんで眺めたくなる、それだけだ」みたいなことを言っていた。

以前暮らしていたポルトガルはイタリアやスペインと同じラテン語圏の国ではあるのだが、この国の女性達のセクシーさはちょっと他のラテンの国々とは異なる。イタリア女のセクシーに装いつつも女性という枠にカテゴライズされるのを嫌がり、「一個の人間なのよ、私達も!!」と激しい自己主張があるわけでもなく、スペイン女性のように男性の精根を吸いつくす猛烈な情熱を稲妻のようにぶつけてくる感じでもない。何を食べたらああなるのかよくわからないが、ポルトガル女性は全体的に小柄な人が多いくせに皆胸はとても豊かで、色白で、何気に恥ずかしがり屋だ。男性もマッチョで、イタリア男のように美しい女性とすれ違ったら首の筋違いを起こす勢いで振り向くわけでもない。

装いや振る舞いもイタリアやスペイン女性みたいにするとマッチョな男性が引いてしまうのを知ってか、大変女性的で柔らかいのだ。ポルトガルもそれなりに女性も男性と同じ足並みで社会に進出してはいるが、どこかで「お嫁さんになる」イコール「男性に養ってもらう」という強い概念が根を下ろしている。そういう背景が彼女らのセクシーさに結びついている気がする。

ちなみに旦那に言わせると世界で一番セクシーな女性がいるのは日本なのだそうだ。特に大阪や京都など、関西の女性のインパクトが大変強かったらしく今でも思い出しては嬉しそうにその話をする。どことなくイタリア女的な敷居の高い気の強さを持ち合わせていながら、いつどこで誰に会っても悪い印象を与えない服装や髪型、そして身のこなしは確かにイタリア男にはツボかもしれない。猛禽類であり、女神であり、おしんでもあり。だけどジェンダーの差異に対して真っ向から歯向かうわけでもなく。要するに世界中の都合の良いセクシュアリティーの美徳をいっしょくたに混ぜ合わせた感じなのだろうか。

よくわからないが、確かにアメリカみたいな、前を歩いているのが男だか女だかわからない場合もよくある国から日本に来ると、日本の女性は関西と限らず、本当にセクシーだなと私も思う。

それにしても、日本だけが世界ではないと親から言われて育ち、実際自分でも窮屈さを感じて早くから日本との距離を置いてきた私だが、まさか時間の経過とともにこんなに様々な日本の味わい深さを感じられるようになる日がくるとは思ってもみなかった。

自分はナショナリストでもないし、日本の全てを賛美しているわけでもない。心底には自分はやはり日本人でありながらもこの国の客観的な傍観者であるという意識が根付いている。それでも日本人として生まれてこなければ持ち得なかったであろう感性を自分の中にははっきり感じるし、それは大変尊いものだと思っている。

全世界の男性を魅了するセクシーな女性がいて、食べ物が美味しくて、素晴しい温泉が沢山湧いていて。そしておしんのような我慢強さと忍耐を持ち合わせたこの国を、私は世界のどこにいても毎日深い愛情を持って思い続けているのである。

（あとがきにかえて）

日本見聞録 いま むかし
戦国時代の日本に宣教師として訪れたイタリア人ヴァリニャーノ
彼は日本に滞在した時のことをこのように書き記しています……
おーい ヴァリニャーノさんよー！
やあ
日本人は私が見てきた人種の中ではとても愛想が良く、親愛の情を表に出す
ワタシ コレ コワシマシタ カタジケナイ
コレ イエニ ヒトツシカ ナイ チャワンネ…
あー いいんですよ 別に～ ははは～
日本人は幼い頃から本心を露わにしないことを学んでそれを分別あることとする

愛想の良さに関しては
そのまま今の日本に
当てはまるかどうかは
ちょっと
わかりませんが……
本心を表さない
というのは私も
イタリアへ行った
直後に皆から激しく
指摘されました
友人
わたし
え……
いや……
別にそんな
風には……
そんな環境に長く
置かれて過ごしたために
私の考え方やものの
見方もかなり
イタリア人化して
しまった部分が
あります……
日本人なのに
日本に帰るたびに
感じる
この違和感……
例えば非人道的な
満員電車の中で
押しつぶされながら
一人もお喋りを
する人がいないとか……
この混雑……
イタリアだったら
ストレス炸裂で
誰も彼も喋りだす
であろうに……
誰しも認める
美しい女性が
通り過ぎても
振り返ってしまう
男性がいないとか……
どうして
我慢をする
のか……!!

なぜ親族なのに一度も抱擁したことがないのか
あらー お帰り〜 疲れたでしょ〜
2年振りの母と妹
ヴァリニャーノが「日本人の行うあらゆる事柄を子供のようになって最初から学ばなくてはならない」と記した心情がとってもよく把握できるのでした……
なぜ洟が垂れたらかまずにすすりあげるのか……
……
西洋ではハナススリは好ましくない
ズズズ…
もっともヴァリニャーノが渡来した時期の日本は、泣く子も黙る戦国時代ということもあり
彼が目にした「日本」は私の感じた違和感どころではなかったはずです
きょろ きょろ
どこかに辻斬りできる者はおらぬか……
イタリアとちがいすぎ……
日本人コワイ…
日本人は平気で人々を斬る……
ヴァリニャーノは信長とも謁見しており
従者として連れていたアフリカ人を信長に望まれて、彼の元に置いていくことにしました
……
え!?
そなたの従者が欲しい！

どんなやりとりが
二人の間にあった
のかは知りませんが
ヴァリニャーノは
こんなことも
記述しています……
ったくなんて自分勝手なんだ!
…
ハハハハ
そなたの名を「弥助」としよう!
日本では誰しも自分の意思通りに生きることを全く当たり前にしている云々……なのでとりわけ貴人や領主は我儘に成長してしまっている
ヴァリニャーノの時代から
更に三百年後
十九世紀後半に
日本を訪れた偉人達の見聞にも
また
興味深い記述が
沢山残されています
開国のニッポン
この頃の人達が見た
日本人は皆、
底抜けに陽気で明るくて、
おまけにとても
人なつっこく、
暮らしは極めて貧しくて
簡素だし、
倹《つま》しいけれども
とても礼儀正しかった
そうです
ワハハ
OH!!
今でも日本を訪れた
多くの外国人が
「こんなに親切にして
くれる人種は他にいない」
と感激するのを見ると、
一見、昔と比べて
色んなことが変わって
しまったようで
あっても実は
日本人の本質的な
気質は昔の
ままなのかもしれないと
思うのでした。
なんだかほのぼのしていいなぁ
辻斬りはイヤだけど、昔の日本人にも会ってみたいな
参考文献
ヴァリニャーノ
『東インド巡察記』
渡辺京二
『逝きし世の面影』

（おしまい）

文庫版あとがき

もともと私は日本という狭い島国の中に生まれていながら、祖父が戦前に長く海外に在住していたり、母がクラシックの音楽家であったり、目をつぶっていても某か《なにがし》海外との拘《かか》わりを意識させられる家庭に育った。なので、10代半ばでのイタリア留学が私の知らない水面下のやりくりで取り決められた顚末だったとしても、私にはそれに対して反発する気持ちも湧かなかった。むしろ「この家に育つとそうなるのか」と、その成り行きを諦観して受け入れるだけだった。憧れていたわけでも何でも無い国に移住した自分の事を、移民留学生と称している私は、だから時々「いいですねえ、イタリアなんていう素敵な国に暮らせて……」「私もイタリア大好き、イタリアに住みたい〜」などと言われると、そのリアクションには正直戸惑いを覚えてしまうのである。

『望遠ニッポン見聞録』というエッセイは、早くから離れてしまった祖国日本の文化や習慣に対する純粋な「再発見・再確認」ノートである。長きに亘る海外暮らしで育まれた客観的視点による日本の欠点・難点の洗い出し的意図は一切無い。ただ、どうも日本についての思いを外側という立場から書こうとする時、それが具体的に〝褒める〟という形態の表記でなければ、単純な他国との比較論ですら「自国否定」と解釈してしまう傾向が日本の人にはある。大陸続きではない故、異民族との接触を当たり前としてきたわけでもなく、他国の文化の吸収を強いられる植民地化といった異文化との激しい摩擦の経験も無い日本は純度の高い国であり、そんな自分たちの国が対外的にどう思われているか殊更強く意識する傾向も、このような「自国論」に対してデリケートになってしまう理由の一つなのかもしれない。

まあ、読者の方にどのように受け取られようと、私がここに記録しておきたかった事は日本という国のオンリーワンな、唯一無二な存在感についてなのである。海外暮らしがどれだけ長かろうと、伴侶が外国人であろうと、日本人としてのアイデンティティが希薄であろうと、摑みどころの無い輪郭を持ったこのどこまでも面白く不思議な国の事を、私は四六時中考えながら暮らしているのである。そしてそれは多分、この先も一生続く事なのだろう。

最後にこのエッセイ執筆のきっかけを作って下さった幻冬舎の宮城晶子さんと、素晴らしい解説を書いて下さった友人角田光代さんに心からの感謝を。

二〇一五年初夏・嵐のコモ湖にて

解説――国境のないところから世界じゅうをおもしろがるしなやかさ

角田光代

ヤマザキマリという人を、つくづく不思議な人だなあと著書を読むたびに思う。その人生たるや波瀾万丈で数奇ですらある、と私は思うのだが、本人の書くものは、たいへんなことなど一度たりとも経験したことがないかのような自然体である。本書もまた同じく。十四歳でヨーロッパひとり旅とか、十七歳でいきなりイタリア留学とか、フィレンツェで電気も水道も止められて公園まで水をくみにいくとか、さらにあれやこれや。もちろん、この作者の愛読者ならば、その壮絶な履歴と数多《あまた》の引っ越し歴はすでにほかの本でも読んでいるだろう。私もそうなのだが、でも、あらたに読むたびいちいち驚いてしまうのである。どうしてこの人は、高層階にある住まいまで階段を使ったことを、こんなふうにさらりと「約1時間弱掛けて50階に到着した」と書くのだろう。50階の住まいまで、一度階段を使っていってみようと思うことがまず異様だが、実行するのも異様、でも私がもっとも異様に感じるのは、それをごくふつうのこととして書く、その書きかたなのである。私ならば、ヤマザキさんが一行で書いた「1時間掛けて……」を、大騒ぎして原稿用紙10枚費やして書く。一行で終わらせるには、あまりにももったいない壮大な体験だからだ。でもヤマザキさんはそんなふうなけちくさいことはしない。

しかしながら、本書『望遠ニッポン見聞録』はヤマザキさんの数奇ぶりを描くことが主題ではない。だからその数奇ぶりにフォーカスが当てられていないのは当然ではある。本書はタイトルどおり、世界じゅう引っ越しながら暮らす著者が、離れて見る日本の姿を描いたものである。それにしても、そこここに、この作家と人と体験の異様さがにじみ出てきて、さらりと書かれた異様な事態に私は幾度も目を瞠《みは》ってしまうのだが、しかし、本書にはそれよりもっと大きく驚かされた。

こんなに異様な体験をしつつ、一貫してこの作家がまっとうで、しなやかであることに驚いたのである。

これほど多くの国に住み、尋常ならざる体験をしてきた人は、日本とそこに暮らす人たちののんきともいえる平穏さ、偏狭さ、奇妙さ、ことなかれ主義、成熟より未熟を愛する幼児性、などを、笑いながらも批判的にとらえ、ばっさばっさと斬っていくはずだ、と私は思いこんでいたのである。たんなる偏見ではなく、体験として、海外在住歴の長い人や、日本に暮らす外国人、旅先で会う（日本にちょっとくわしい）旅行者たちは、好んでそういうふうに日本を見るし、好んでそういう話をする。私はいったいもう何度、日本在住の外国人に「ホンネとタテマエ」の苦労話を聞かされてきたことか。はたまた海外在住の日本人に、曖昧さが許されない他国の言語・会話・環境・人間関係について聞かされてきたことか。

同じくじつによく耳にするのに、ディベート問題がある。本書にも出てくる。日本人はディベートに弱いというのは、もう世界じゅうの共通認識のようなものだ。そのことについて話す人は、実際の例をおもしろおかしく挙げたのち、日本人であれ外国人であれぜったいにこう主張する。「だから日本でも、小学校高学年か、遅くとも中学校からディベートの授業を入れるべきだ」。それがただしいことだと信じて疑わない。

この作家も、そのような視点から日本と世界を見ているのではないかと、無意識に思っていたのである。けれどそうではない。このディベートにかんする作家の意見はというと、自己アピール力やスピーチ力はだいじだが、

「それと同じくらい相手が何を言わんとしているのかを理解しようと努める日本人的会

話術も大切だと思う」。

と、「ディベート必須派」よりも、しなやかに一歩先をいく。

そのほか、どの章を読んでも、たんなる日本批判も海外批判も、日本愛護も海外愛護もなく、この作家はどこでもない場所に立って、等しい距離でいろんな国とそこに暮らす人々を眺め、その歴史に思いを馳せている。そして、そんなぜんぶをおもしろがろうとしている。

海外に住んで外から日本を見たり、また外から入ってきて日本を知ったりする場合、当然、欠点と長所に気づく。その欠点も長所も、この広い世界ではふつうではないことを知る。ふつうではないどころか、ちょっとヘンであると気づく。そのとき、恥ずかしいと思うのか、おもしろいと思うのか。多くの場合、「恥ずかしい」であるように私は思っている。ディベートの例にあるように、欧米的な価値観のほうがただしいしかっこいい、となぜか思いこんでいる、もしくは思いこまされているからだ。

そんなの嘘嘘、と本書は笑い飛ばしているように思う。欧米のほうがただしいとか間違っているなんてことはないし、そもそも、そんな尺度になんの意味があるのかと、問うているような気がする。

日本ってそうとうヘンだけど、イタリアだってポルトガルだってアメリカだってそうとうヘンだ。ヘンさが異なるだけ。このヘンさを、作家は、ユーモアを交えつつも、じつに繊細で鋭い視点で見抜き、描き出している。「同化しようとするカメレオンたちのストレス。」「しゃがむ。」などはみごとにそれぞれの文化に基づいた人のありようを描き出していて、私は思わず、それぞれの国の歴史と背景に思いを馳せ、その末裔として私やだれかがどのようにここにいるのか、などということまで考えてしまった。「平和の仮面を被ったちょっとした犯罪国。」では、その文化背景から生まれる犯罪の奥深さに、感心しつつもぞっとした。本書は、笑わせつつも、そんな歴史と人類の深みをちらりとのぞかせてくれるのである。

日本におけるビール愛とか、雑食ぶり、結婚式用の教会の謎、外国語の翻訳時の横柄さ等、あるある、と幾度もうなずいてしまうことがらも多い一方、はじめて知ることも多かった。うつくしさにおける歯の重要性とか、シリアの女性の下着事情とか、イタリア男の（疲弊した）真のかっこよさとか、へえええ、なるほどと、興味津々で読んだ。

自分の生まれ育った国の、ヘンなところが恥ずかしいと思うのは、身内びいきの裏返しのようなものだろう。作者は早いうちから日本を飛び出てしまって、さらにひとつの場所でなく、各地を転々としたからこそ、いい意味で、いかなる「身内」意識もないのだと思う。先ほど「どこでもない場所に立って」と書いたが、作者は精神的に国境のない場所にいるのだと思う。その、どこでもない場所からしか見えないものがあり、それをひとつひとつおもしろがって拾っていく、何にもとらわれることのない少年のような少女のような姿が、この一冊の奥にいるような気がする。

進んでいるも遅れているもない、ただしいも間違いもない、かっこいいも悪いもない、みんな違う、同じなのはみんなヘンということだけ。本書に通底するそのしなやかな声は、異なる出自を持ち異なる習慣と異なる信念を持つ人々の真の共存を、ささやかに祈っているように、私には響くのである。

――小説家

この作品は二〇一二年三月小社より刊行されたものに、
文庫版あとがきを加えたものです。

幻冬舎文庫

●最新刊
会田　誠
美しすぎる少女の乳房はなぜ大理石でできていないのか

現代日本の社会通念を挑発し続ける天才美術家の日常と思考とは？　中国でのCM出演、ジャージだけで過ごした藝大での青春、美術家を目指す若者へのアドバイス――。笑えて深いエッセイ集。

●最新刊
一色伸幸
幸せであるように

青森の高校教師・中島升美は修学旅行の引率中、片想いしていた先輩と再会する。観光バスの運転手になっていた彼の案内で巡る3泊4日の旅行中に、人生の大切な決断をする感動の連作長編。

●最新刊
内館牧子
見なかった見なかった

著者が、日常生活で覚える《怒り》と《不安》に対し真っ向勝負で挑み、喝破する。ストレスを抱えながらも懸命に生きる現代人へ、熱いエールをおくる、痛快エッセイ五十編。

●最新刊
遠藤彩見
給食のおにいさん　受験

ホテルで働き始めた宗は、なぜか女子校で豪華な給食を作るはめに……。生徒は舌の肥えた我がままなお嬢様ばかり。元給食のお兄さんの名に懸けて、彼女達のお腹と心を満たすことができるのか。

●最新刊
小川　糸
今日の空の色

鎌倉に家を借りて、久し振りの一人暮らし。朝はお寺の座禅会、夜は星を観ながら屋上で宴会。携帯もテレビもない不便な暮らしを楽しみながら、大切なことに気付く日々を綴った日記エッセイ。

幻冬舎文庫

●最新刊
女の庭
花房観音

恩師の葬式で再会した五人の女。「来年も五山の送り火で逢おう」と約束をする。五人五様の秘密を抱えた女たちは、変わらぬ街で変わらぬ顔をして再会できるのか。女の性と本音を描いた問題作。

●最新刊
起業家
藤田　晋

ネットバブル崩壊後、生き残りをかけ、立ち上げた新事業。社内外から批判を浴びながら、自らの進退をかけた事業の行方は。心に沈めてきた想いを綴った働く意欲を掻き立てるノンフィクション。

●最新刊
世界は終わらない
益田ミリ

書店員の土田新二・32歳は1Kの自宅と職場を満員電車で行き来しながら今日もコツコツ働く。仕事、結婚、将来、一回きりの人生の幸せについて考えを巡らせる、ベストセラー四コマ漫画。

●最新刊
大事なことほど小声でささやく
森沢明夫

身長2メートル超のマッチョなオカマ・ゴンママが営むスナック。悩みに合わせたカクテルで客を励ますゴンママだが、ある日独りで生きることに不安を抱いてしまい――。笑って泣ける人情小説。

●最新刊
ゆめみるハワイ
よしもとばなな

老いた母と旅したはじめてのハワイ、小さな上達と挫折を味わうフラ、沢山の魚の命と平等に溶けあうような気持ちになる海。ハワイに恋した小説家による、生きることの歓びに包まれるエッセイ。

望遠《ぼうえん》ニッポン見《けん》聞《ぶん》録《ろく》

ヤマザキマリ

平成27年8月5日　初版発行
令和2年7月25日　2版発行

発行人——石原正康
編集人——袖山満一子
発行所——株式会社幻冬舎
〒151-0051東京都渋谷区千駄ヶ谷4-9-7
電話　03(5411)6222(営業)
　　　03(5411)6211(編集)
振替00120-8-767643
印刷・製本—中央精版印刷株式会社
装丁者——高橋雅之

幻冬舎文庫

ISBN978-4-344-42381-7　C0195　や-35-1